講談社文庫

クジオのさかな会計士

Fra i banchi

ジャンニ・ロダーリ｜内田洋子 訳

講談社

クジオのさかな会計士◉目次

自由な動物たち

陽気な毎日とめぐる季節

旅と出会い

クジオのさかな会計士

Fra i bamchi

自由な動物たち

Animali in libertà

進め！　若エビ

Il giovane gambero

若いエビは、思いました。〈どうして僕の家族はみんな、後ろに向かって歩くのだろう？　僕は、カエルのように前に向かって歩けるように練習したい。このしっぽが落ちたっていい〉

生まれ育った小川の石と石のすき間で、若エビは前歩きの練習をこっそり始めました。初めのうちそれは大変で、くたくたになりました。あちこちにぶつかっては殻《から》がでこぼこになり、自分で自分の脚《あし》を踏《ふ》みつける始末。しかし練習を重ねるうちに、少しずつ上達していきました。強く願えば、物事はすべてうまく運ぶものなのです。

十分に自信をつけたところで、エビは家族を呼び集めました。

「みんな、見ていてね」

そして、前向きにすばらしい走りを披露《ひろう》してみせたのです。

「おお、息子よ」喜ぶどころか母エビは泣き崩《くず》れてしまいました。「頭がおかしくなったの？　どうか正気に戻って、お父さんやお母さんが教えたように歩いてちょうだい。あなたのことが大好きな、兄弟たちと同じように歩いてちょうだい」

兄弟エビたちは、ゲラゲラと笑い転《ころ》げるばかりです。

父エビは、しばらく黙ったまま厳しい表情で息子の顔を見つめ、ようやく口を開きました。「もういい。この家でみんなと暮らしたかったら、ほかのエビと同じように歩きなさい。どうしても思いどおりにしたいなら、川は広い。好きなところへ行くがいい。二度とこの家には戻ってくるな」

まじめなエビは家族が大好きでしたが、疑問を自力で解決し、自信に満ちていたので、母エビと抱き合い、父エビと兄弟エビたちにも別れのあいさつをして、外の世界へと出ていきました。

若いエビが歩いていくのを見て、スイレンの葉の周りに集まって井戸端会議《いどばたかいぎ》をしていたおばさんガエルたちはびっくり仰天《ぎょうてん》。

「天地がひっくり返ったみたい」おばさんガエルが言いました。「ねえ、ちょっと見てよ、あのエビ。私の見間違いかね？」

「自尊心《じそんしん》ってものがないのかねえ」別のおばさんガエルが言いました。

「なんてこったい。なんてこったい」三匹目のおばさんガエルが言いました。


エビは気にせず、まっすぐ歩いて行きます。まさに、我が道を行く、です。しばらくすると、石のそばにぽつんとたたずむ、じいさんエビが声をかけました。

「こんにちは」エビはあいさつしました。

老いたエビは、若いエビをしばらくじっと観察したあと、

「いったい、何が望みじゃ？　わしも若かった頃は、エビ仲間に前歩きを教えようと考えたことがあった。その結果が、これじゃよ。天涯孤独《てんがいこどく》の毎日だ。わしと話すくらいなら、舌をかみ切ったほうがまし、とみな思っておる。今ならまだ間に合うぞ。わしの言うことを聞け。ほかのエビと同じ暮らしを受け入れるんじゃ。いずれ、きっとわしの助言に感謝するときが来る」

若エビはどう返事をしていいかわからず、黙っていました。でも心の中では、〈僕

は正しい〉と思っていました。

エビは、じいさんエビに礼儀正しくあいさつすると、再び胸を張って前に歩き始めました。

彼は、遠くまで行くでしょうか？ 成功するでしょうか？ 世の中の曲がったことをまっすぐに正していけるでしょうか？ 私たちにはわかりません。なぜなら、若エビは初めと変わらぬ勇気と決意で、相変わらず前に向かって歩き続けているからです。私たちにできるのは、心から応援することだけです。

〈よい旅を！〉

コジキヘビ

Il serpente *bidone*

動物学、は虫類の章、
有鱗目《ゆうりんもく》コジキヘビ……。
ちょっと待って。この項目をよく見てみましょう。
このヘビの紛《まが》いもの、というか、
こんなヘンテコな生き物のことは
小鳥のアトリ科ゴシキヒワだって、
怖がらないのがよくわかります。
コブラやオオニシキヘビ、
血なまぐさいトラや
その他の似たような生き物だらけの、鬱蒼《うっそう》としたジャングルに

こいつをこのまま放っておきますか？
それとも、フタをしてしまいましょうか？
あるいは〈コジキ〉の〈コ〉と〈ジ〉を取って、〈ニ〉と〈シ〉を返してやりますか？

ぼくの雌牛《めうし》

La mia mucca

ぼくの雌牛はトルコブルー色で、
カルレットという名前です。
市電に乗るのが好きですが、
切符を買わずに乗ってしまいます。

北側に角がついていて、
南側にしっぽがついています。
古いオーバーコートを着て、
流行遅れの靴をはいています。

大きさを
測ったことは一度もありませんが、
たぶんバジリカータ州より
少し小さいくらいでしょう。

ぼくの雌牛は優しいです。
大きくなったら、
ママとパパの
安らぎになるでしょう。

(先生、きっとぼくの作文に
びっくりするでしょうね。
ぼくは牛を飼っていないので、
想像で書くしかありませんでした)

アリ的ライフ

Alla formica

昔のおとぎ話には悪いけど
しみったれたアリは好きじゃない。
私はセミの味方です。
みごとな歌を、ただで聴かせてくれるから。

おとぎ話のなかの動物園

Lo Zoo delle favole

さあさあ、みなさん、
とても珍しい動物がいる、
おとぎ話の動物園にいらっしゃい。

おりの中で
長靴をはいたネコが
クリームとブラシで
長靴をみがいている様子をとくとご覧ください。

おしゃべりコオロギに

ご注目あれ。
三本足を引きずるのは、
ピノッキオのせいなのです。

小さな金魚が
池で泳いでいます。
豆のスープが
一番のお気に入りです。

アリスのウサギが
この界隈《かいわい》に住んでいます。
どのポケットにも
スイス製の時計を入れています。

ご覧なさい、カラスはあんまり賢くない。
くちばしを開けて歌うものだから、

チーズを落としてしまうのです。

さんざん注意されたのに
まだ身についていません。
だから毎朝、
プロヴォローネチーズを
３００グラムも無駄にしてしまいます。

陽気な毎日とめぐる季節

Giorni e stagioni dell'allegria

あれこれ乗せて、電車が来るよ

È in arrivo un treno carico di...

大みそかの夜、
みんなが寝静まってから、
一番線に
臨時特急列車が到着します。
十二両編成の車両にはどれも
贈り物がぎっしり……。

一月
一両目には、たったひとりで、
感じのよいおばあさんが乗っています。

きっと、きれい好きにちがいありません。
だってほうきを持って乗っているんですもの……。
おばあさんのカゴからは、
人形かマリオネットの足が見えています。
「孫がたくさんいましてね」とつぶやきます。
「本当にたくさんいるのです！」
何人いるのか知りたければ、
よい魔女《ベファーナ》からの贈り物を待っている
毛糸のくつ下が何足あるか、
全部数えてみてください。

二月
二両目は、なんと騒がしいことでしょう！
カーニバルで大はしゃぎです。
お調子者のアルレッキーノに、
しっかり者のお手伝いさんコロンビーナ、

ピエロとそのお連れもいるし、
昔ながらの仮面のそばでインディアンたちが元気いっぱい跳《と》びはね、
保安官たちはキャンディを撒《ま》き、
宇宙飛行士たちは流れ星を投げています。
みんな、マンガ雑誌のヒーロー気分。

三月

三両目には、
三月のそよ風といっしょに
春が乗っています。
雨粒が笑って泣いて、
電車のガラス窓を伝います。
ツバメは低く飛び、
スミレのよい香りが……。
どれもみな、田舎《いなか》へ向かっています。
都会はコンクリートだらけ、

排気ガスの臭いだけ。

四月

四両目は、
復活祭のためにチョコレートでできた卵を作る、
腕《うで》のよい菓子職人専用です。
卵の中にはひよこではなくおまけが入っています。
砂糖でできた菓子の鐘《かね》は
遠くまで鳴り響くでしょう。

五月

陽気な積み荷で、五両目はいっぱいです。
世界中から花が、
世界中から五月の歌が……。
よい旅を！　よい旅を！

六月
六月は、労働者が鎌《かま》を握って収穫です！
でも六両目に乗っているのは、
豊かな実りだけではありません……。
通信簿も見えている。
ちょっと悪い点、ちょっといい点、
スッテンコロリン、スッカラカン！
それにしても、通信簿なんていやな発明ですね。
みなさん、そう思いませんか。
あの６点より下の五個の数字ときたら、もう。

七月
七両目には、
太陽と海。
ご乗車、お急ぎください！
サンチェアはないけれど、ビーチパラソルはあります。

窓からジャンプしてくださいね。
トランポリンからジャンプするより楽しいかもしれませんよ。
アドリア海が丸ごと入っていますし、
ティレニア海も全部入っている。
でも、子どもたちが全員乗っているわけではありません……。
だから、ぎゅうぎゅうづめではないのです。

八月

八両目には、
都会が乗っています。
夏のあいだも都会に残る人たちに
贈られます。
道は空いています。
自由自在に
走って、曲がって、駐車できるでしょう。
右へ左へ

思うがままに……。
でも夜はやはりさみしいです。

九月
九両目をじっくり見て。
追試験が乗っていますよ。
厳しく、重たい、墓掘り人みたい……。
そして、子どもたちをいじめる！
ときには、大人が追試験を受けるように、
決まりを変えてみてはどうでしょう？

十月
十両目には、
たくさんの机に
一枚の黒板
そして白いチョークが乗っています。

大きく広げた車窓から、
世界が丸ごと入れます。
聞く耳を持つ人には、
最高の先生です。

十一月

十一両目には、
おいしそうな栗の匂いがします。
今にも霧が下りてきそうな
灰色の村々、灰色の野原、
夜、テレビを消してから読むおもしろい本が
積まれています。

十二月

そして最後の車両は、
パネットーネでできています。

背もたれはオレンジ・ピール、
ドアはトッローネ《はちみつヌガー》。
駅に着いたらすぐにでも、
にっこりおいしく食べられます。
白ヒゲのサンタ・クロースが
座って居眠りしている
ベンチも食べてしまいましょう。

雪だるま

L'uomo di neve

雪だるまにとって、雪はうれしいもの。
短いながらも、楽しい人生。

帽子だけかぶって、
中庭でふんぞり返っています。

霜焼《しもや》け、リウマチ、風邪《かぜ》にだってかかりません……。

どうにか雪だるまのお腹だけは
空《す》かない国があるということを知っています。

雪は白くて美しいですが、空腹だと暗く沈んだ気持ちになります。ということで、長話はここでおしまいです。

新年

Capodanno

新しい年の歌
一年の願いごとを聞いてください。
四月のような太陽が照る一月に、
涼しい七月、穏やかな三月になりますように。
夜の来ない日、
嵐に見舞われない海、
いつも焼きたてのパン、

ヒノキに咲く桃の花が、欲しいです。
猫と犬が仲良くし、
噴水からは牛乳が出ますように。

欲張りのようでしたら
何も叶《かな》えてくれなくてもかまいません。
ぼくに笑顔をください。
それでじゅうぶんです。

よい魔女《ベファーナ》さんへ。三つの歌

Alla Befana: tre filastrocche

その一

ベファーナさん、誰かから聞いたのですが、
毛糸のくつ下をいっぱいにしてくれるのですってね。
子どもたちがみんな、いい子にしていたら、
すばらしいプレゼントを受け取れるんですってね。
ぼくはいつもいい子にしていたのに、
あなたがプレゼントを持ってきてくれたことはありません。

今年も、カレンダーどおりに、
きちんと時間どおりに来てくれるでしょう。

でも、あまりツイていないぼくは心配です。
あなたは特急電車で来るのでしょう。
特急は、いい子たちが住んでいる駅をいくつも通過します。

ぼくがこの手紙を書いたのは、
普通電車に乗ってもらいたいからです！

ベファーナさん、
どの子の家にも、
気の毒な子どもたちの家にも、
停まる電車に乗ってください。
たくさんのプレゼントとコンフェッティ《砂糖菓子》を持って。

その二
ベファーナは、やさしいおばあちゃん、

昔ながらのペースで、のんびりしています。

山から平野へ飛んでいくのに
飛行機に乗ったりしません。

やさしいおばあちゃんは、
モロコシのほうきだけが頼り。

……そんなわけですから、
私たちはベファーナの姿を見られないのです！

垂れ込めた雲のせいで遅れると、
たくさんの子どもたちがプレゼントをもらえなくなる！

心を込めて、
ベファーナさんに、ほうき用の小さなエンジンを贈りたいな。

そうすれば、
天気がよくても悪くても、どこにでも行ける……。
ちょっと今風になってスピードを上げれば、
みんなにもれなく幸せを届けられますよ！

その三
ローマはナヴォーナ広場のベファーナさんは、
なんとやさしく、なんとよい人なのでしょう。
ワクワクするものを売る露店がたくさん並び、
お菓子やビスケットの詰まった
くつ下が数えきれないほどあります。
古いおもちゃから

人なつっこいクマのぬいぐるみや
模型飛行機、
動く電車やラッパ、
アメリカ・インディアンやお人形といった、
もっと人気のある新しいおもちゃまで、
好きなだけ手に取れます。
そうなんです。
ベファーナさんは、流行を追えるしテイストも時代に合わせられる。
そういえば、支払いの勘定のために、
計算機を買ったそうですよ。

カーニバル

Carnevale

カーニバルの紙吹雪、大好き！
紙でできた爆弾は痛くない。

陽気な戦士たちが勢ぞろい、
楽しく道を練《ね》り歩く。
見交わし合っては大笑い、
悩み事を忘れさせてくれる。
色とりどりの星をつないで身にまとう。
ナースがいなくても大丈夫。
けがをしたって、キャンディ一個で治るから。

こっけいなプルチネッラ大将が先頭で、
右に左に踊って、指揮を執《と》る。

戦い終わって、
おやすみなさい、みんな。
みんなベッドへ。
ほっぺにはメダルのように、
カーニバルの紙吹雪をつけたまま。

雨のあと

Dopo la pioggia

雨のあとには晴れが来ます。
空には虹が輝きます。
旗がいっぱいひるがえる橋のよう。
上を太陽が通り、祝福します。
空を見上げて、
赤と青の旗を見るのは幸せ。
でも残念なことに、

虹が出るのは嵐のあとだけです。

嵐がなくても虹が見えたら
もっといいでしょう？

嵐が来ないで虹が出たら、
お祭りになるでしょう。

戦争になる前に仲直りすれば、
地球をあげてのお祭りになるでしょう。

春の歌

Filastrocca di primavera

春の歌
昼はもっと長くなり、夜はもっとやさしくなります。
明日、草むらに
最初のスミレが咲くでしょう。

咲きたてのスミレを
最初に見つける人は幸運です。
その香りで彼は気づくでしょう。
春が来た！　と。

他のみんなは春が来たとは気づかず
まだ冬だと思い込んでいます。
みんなは用心深いのでしょう。
でもその分、暦《こよみ》ものんびり遅れてしまいますね。

めぐる季節

Stagioni

その一
秋は山からやってきて
栗の匂いを連れてくる。
冬は氷河からやってきて
やっかいな問題もいろいろ起きます。

その二
まだ壁にはトカゲがいるし、
まだまだバルコニーには、ゼラニウムの花が咲いています。
まだあと少しだけ、春はいます。

冬のあいだも、ほんの少しだけ春は残っています。
そして、そういう春を見つけられる人を
幸せな気持ちでいっぱいにするのです。

秋

Autunno

ワラが刈り取られ、
狩人が鉄砲を撃ち、
秋の始まりです。
コオロギは、野原のお墓に
閉じこもります。

嵐

Temporali

銀色の鳥は飛行機です。
風よりも上を飛び、
雲より高くまで飛んでいきます。
そこは、雨の日でも太陽が照っています。
パイロットは眼下に、身をくねらせるヘビのような稲妻《いなずま》や
荒海のような雲を見ます。
でも空は、頭上に青く広がっています。
パイロットは笑います。それは、
来てはすぐ去る嵐みたいに
ごねて泣く子を、笑いながら見ている父親のようです。

ぶどうの収穫

La vendemmia

ぶどうの収穫は、仲間といっしょで楽しい。
道化のプルチネッラも呼ぶとしよう。

いつもお腹を空かしていて、
仕事にかかる前にも、ぶどう一畝《うね》を食べて
足りるかどうかというところ。
「ひと房ぼくが食べて、
ひと房を君にあげよう！
ねえカゴさん、君に話しているんだよ！
あれ返事がないよ、要《い》らないの？

カゴは、ぶどうが太陽だと知らないんだ、
太陽を食べるのは、幸せを味わうってこと。
ひと筋の太陽の光をぼくにおくれ、
もうひと筋の光をまたもらう、
三本目の光でぶどう三粒に。
太陽の光はたっぷりあるから、
いちいち数えたりしないんだ。
人に贈れば贈るほど、もっと豊かになる、
ぶどうの黒い粒には
太陽の光が閉じ込められているんだよ」

ぶどうの収穫は、歌って楽しい。
でもボスのパンタローネ《貪欲な主人》は呼ばないで……

あのケチな年寄りは
ぶどうひと粒も残してやらないだろう。

見返りなしで歌ってくれる
スズメのために、
ウグイスのために。

パンタローネなら、ぶどうの房の近くに
〈鳥の立ち入り禁止〉
と札を立てるだろう。

ぶどうを収穫すると、太陽がワインに変わる
お調子者のアルレッキーノを呼んで
太陽を少し、グラスに注いで
渡してやってくれないか。

クリスマスの魔法使い

Il mago di Natale

もしぼくがクリスマスの魔法使いなら、
どの家の、どのアパートの
床のタイルからも、
クリスマスツリーが生えてくるようにします。
スーパーで売っているような、
プラスチック製のニセモノの木ではなくて、
枝の間を吹き抜ける本物の風といっしょに
生きたモミの木や、山の松の木が
生えてくるようにします。
松脂《まつやに》の匂いが

すべての部屋に流れ、
枝には魔法の実がなるのです。
それはみんなへのプレゼント。

そしてぼくは魔法の杖《つえ》で、
魔法をかけに
くまなく通りを歩きます。

ナツィオナーレ通りには
目を閉じたり、
パパと呼んだり、
自分で歩いたり、
ロックンロールを踊ったり、
でんぐり返りをしたりする
いろいろな人形でいっぱいの
クリスマスツリーが生えるようにします。

人形が欲しい人は、手に入れられます。
もちろん、ただです。

サン・コジマート広場には、
チョコレートつきクリスマスツリーを生やします。
デル・トリトーネ通りには
パネットーネの木を。
ブオッツィ通りには
マリトッツォの木を、
そして、サンタ・スザンナ広場には
マリトッツォの実るクリスマスツリーを
生やします。

散歩を続けましょうか？
魔法は始まったばかりです。
模型電車のクリスマスツリーの

場所を決めなければなりません。
マッツィーニ広場はどうでしょう？

飛行機のツリーは
デイ・カンパーニ通りにします。

道ごとに特別なツリーがあって
クリスマスの日には、
子どもたちは欲しいものを手に入れるために
ローマを一周します。

枝からおもちゃをもぐと
そのあとには同じおもちゃが
いや、もっとすごいおもちゃがまた実るのです。

大人のためには、

コンドッティ通りあたりに、
靴とオーバーコートのツリーが生えるようにしましょう。
ぼくが魔法使いだったら、やってみたいのはこんなこと。

でもぼくは、魔法使いではありません。
どうすればいいのかな?

ぼくがプレゼントできるのは、あいさつぐらい。
あいさつ言葉ならたくさん持っているので、
どうぞお好きなのを選んでください。
全部お持ちになってください。

プレゼピオのインディアン

Il pellerossa nel presepe

頭に羽かざりをつけて
斧《おの》を握りしめたアメリカ・インディアンが、
羊飼いや子羊、
ロバ、ラクダに乗った魔法使い、
空いっぱいの星、
焼き栗売りのおばあさん
そんなプレゼピオ人形に混じっているのはなぜ？
インディアンの勇者シッティング《座る》・ブル《牛》よ、
お前の場所じゃないだろ、さあどいた、
もといた所に早く戻るんだ。

アメリカ・インディアンには聞こえません。
じゃなくて、イタリア語がわからないふりをするのです。
このままにしておきましょうか？
これでいいの？　とみなさん、言うでしょう。
天使の粘土人形のじゃまにならないかしら？
はるばるここまでやって来たのはきっと、
善良な人たちに平和が訪れますように、
というお告げを聞いたからでしょう。

クリスマスツリーに巣を作りたいスズメの祈り

La preghiera di un passero che vuol fare il nido sull'albero di Natale

居間の窓を
どうか開けてください。
私は、心の底まで冷えきった
哀れなスズメ……。

台所の隅に
うっとりするような葉をつけた、
すばらしい木を
置くのを見ていました。

見たこともない実で
どの枝もしなり、
明かりの灯った星が
枝ごとに見えます。

窓の桟から覗き見していて、
羽の芯まで冷えきってしまいました。
でも、クリスマスツリーの
飾りつけは終わったのですね。

準備は整ったのでしょう。
どうか中へ入れてください。
私の巣は、一番目立たない枝に
作ります。

ご迷惑はかけません。

私は礼儀正しいスズメです。
明日、お子さんが
どれほど喜ぶでしょう。

プレゼントのすきまに、
ブリキの半月の後ろに、
綿《わた》で作った雪や
ガラス製のしずく型の飾りのあいだに、

本当の心を持った
本物のスズメが、
小さな巣から
黒い目をくりくりさせているのを
見つけたら。

あたためてもらいたい、

愛してもらいたい、
寒くて、ひもじくて、おびえている
生き物なのです……。

子どもはみな、やさしいから、
きっと仲良くできると思います。だって、
子どもたちへのプレゼントのうち
私がほしいのはほんのわずか。

くちばしで突いた
トッローネ《はちみつヌガー》のかけらと、
一番堅いビスケット、
パネットーネの皮くらいですから……。

お礼に、
やわらかく翼を振るわせましょう！

クリスマスツリーに向かって
どうか私を飛ばせてください。

旅と出会い

Viaggi e incontri

魔法使いビレーノ

Mago Bireno

「危ないことをしないのよ。早く帰っていらっしゃいね！」

「はい、ママ。だいじょうぶだから」

パオロとグラツィエッラはもう門を出て、森に向かって駆け出しました。出がけについた小さなうそを打ち消すように、走りながら歓声を上げました。母親には、水車を越えて先には行かずにクロイチゴを採ると言い、ほら穴の探検をするという本当の目的は言いませんでした。

三日前から考えていたことでした。ある朝、丘の上にある水車のあたりを歩いていて、キイチゴの繁みに半分隠れたほら穴の入り口を見つけて以来、計画していたのでした。パオロはすぐにほら穴に入ってみたかったのですが、グラツィエッラは怖がって泣きべそをかきました。

「中はすごく暗いでしょ。どんな動物がいるのかしら」

「よし」パオロは決めました。「懐中電灯を持って、また来よう。でも今のうちに言っておくけれど、怖いのなら家にいてね。ぼく一人で来るから」

その後、大きな嵐が続き、探検は先送りになっていました。太陽が戻り、パオロが懐中電灯をクロイチゴ摘みに用意したカゴに隠すと、グラツィエッラも謎のほら穴に入るのはそれほど恐ろしいことでもない、と思うようになりました。

〈もしどうしても泣きたくなったら〉彼女は考えました。〈パオロの手をぎゅっとにぎって、目をつむろう〉。

水車を越えたあと、森の中の道をそれて、丘の小道を行かなければなりませんでした。妹の前を歩いていたパオロは、立ち止まって太い木切れを拾い上げました。ほら穴の入り口のイバラを払うためでした。すぐにパオロは、イバラが踏みつけられているのに気がつきましたが、妹を不安にさせないように何も言いませんでした。

〈他の子どもたちが来たのだろう〉と考えました。

懐中電灯をつけ、すがるように差し出されたグラツィエッラの手を握り、中へ入りました。

電灯で照らしてみると、ほら穴は狭くてかなり低いことがわかりました。左に向かって背をかがめて少し進むと、小さな部屋ほどの空間に出ました。パオロは、グラツィエッラの手が緊張で震えているのに気がつきました。懐中電灯の光であたりをぐるりと照らしました。すると、ほら穴の隅に、黒いマントを着た不思議な老人が壁に寄りかかって座っているのが見えました。とりわけ奇妙で恐ろしかったのは、その帽子です。黒い三角帽に銀色で星が刺繍《ししゅう》してあるのです……。

「何の用だ？」老人はその隅で身じろぎせず、低い声で言いました。

「いいえ……あの……」パオロはしどろもどろになって答えました。「……すみません、おじさん……」

「子どもたちよ……」老人は言いました。「いいだろう。座りなさい」

「ありがとう」パオロはごくりとつばを飲み込んで言いました。「あのう……、母が待っていますので……」

「座って、少しいっしょにいてくれないか。取って食ったりはしないから」

パオロとグラツィエッラは一歩も動かずに、その場にしゃがみ込みました。老人は少しにこりとしました。でもまたすぐに寂しそうな顔に戻りました。

「ここに住んでいるのですか？」何か言わなければ、とパオロは尋ねました。そして勇気づけようと、グラツィエッラの両手を包み込みました。

「ここに住んでいるといえば、そういうことになるのだが」老人が答えました。「でも、どこにも決まったところに住んでいない、と言う方がいいだろうね。私が何者か、まだわからないかい？　ほら、よく見てごらん」

「魔法使いの格好をしてる」グラツィエッラがパオロの耳元でささやきました。老人にも聞こえました。

「そのとおり。魔法使いだ」老人は大きくうなずきました。「昔の哀れな魔法使いさ。私の名前も教えてあげよう。昔はみんなを怖がらせていたものだが、君たちにはなんでもないことかもしれないな。魔法使いビレーノと呼ばれていたんだよ」

「ああ、やっぱり」グラツィエッラは言いました。「本当に魔法使いなのね」

「魔法使い、そう魔法使いだ。ところで、私が何歳なのかわかるかな？」

「うちのおじいちゃんと同じくらいだと思う。七十歳くらい」パオロが言いました。

「一回目に死んだときがちょうど七十二歳だった」

「死んだ？」グラツィエッラがまた震えながら、叫びました。

「それじゃあ、あなたは幽霊なの？」パオロは怖さよりも好奇心が勝って、尋ねました。

「いやいや、ちがうんだ。説明しよう。私は五千年前に死んだのだけれど、千年ごとに数日間生き返り、何か魔法を使わなければならないのだよ。それがすめば、また眠りにつく。でも、今回はどうなるのかわからない。老いて独りぼっちのまま家族もなく、誰もおらず、お金もないまま、あとどのくらいここに残っていなければならないのか、とても怖い」

「魔法使いなのに！　怖がるだなんて」

「話を聞いてくれるかい。一週間前に、魔女で有名なベネヴェントの方で生き返ったのだけれどね。すぐに、私の格好が『公の秩序を乱す』という理由で捕まり刑務所に入れられてしまった。私が変装をしていたと思われたらしい。カーニバルではなかったのだがね……。まあ当然、私は刑務所からは簡単に抜け出せたのだけれど。牢屋の鉄柵をグリッシーニに変えて食べたんだよ」

「それじゃあ、もう魔法は使ったのですね！」

「そうだね。でも自分のための魔法だった。魔法は、誰かへ贈るために使わなければならない。わかるかな？　哀れな魔法使いの私が、現代の人に何が贈れるだろう？　空飛ぶじゅうたんは贈れるかもしれないけれど、飛行機の方が便利で速いと言われるだろうね。遠くのできごとを見ることができる水晶玉を持っているけれど、今はテレビがあるし、私から玉などもらっても持て余すだけだろう。昔、地球の反対側のできごとを知ることができたのは、魔法使いだけだった。ところが今は、ラジオも電話もあるからね！　今は、ガラスを布に変える工場もある。昔、魔法使いが杖でしていたことよりも、ずっと多くのことを現代では化学でできる。つまり、私はもう全然、必要とされていないのだよ」

「かわいそうに」グラツィエッラは魔法使いの話を聞いているうちに怖さを忘れ、気の毒そうにつぶやきました。

ビレーノはひと息ついてから、再び話し続けました。誰にも止められませんよね？　最後に口を開いてから千年ものあいだ、ずっと黙っていたのですから、心ゆくまで話す必要があったのです。何時間も経ちましたが、兄妹は聞き飽きることはありませんでした。

突然、ハチに刺されたようにパオロが叫びました。

「ああ、たいへんだ！　もうお昼なのに、まだ一個もクロイチゴを摘んでいないなんて。ママに叱《しか》られる！」

「ああ、たいへんだ！」グラツィエッラも繰り返しました。でも弾かれたように立ち上がり興奮して叫びました。「魔法使いさん、これこそお探しだったチャンスです！　私たちのために、どうか魔法をお願いします……」

魔法使いビレーノは、女の子が持っているからっぽのカゴに目をやりました。そしてにっこりすると、どこから取り出してきたのか、長い杖で軽くカゴに触れました。たちまちカゴは、大粒の香り高いクロイチゴでいっぱいになりました。

「わあ、うれしい！　ありがとう、魔法使いビレーノさん。あなたって、すごいです」

老いた魔法使いは頭を振りました。

「私が再び眠りにつくには、これでは足りないのだよ……」

立ち上がり、子どもたちをほら穴の入り口まで伴って、やさしく、でも寂しそうにあいさつをしました。

「また会いにいらっしゃい」駆けていく子どもたちに向かって言いました。

子どもたちは、休暇で滞在しているあいだは毎日ほら穴へ通いましたが、魔法使いは二度と姿を現しませんでした。でも、そもそもふたりは本当に魔法使いを見たのでしょうか。不思議なほら穴の近くで、クロイチゴ摘みをしているときに空想したことだったのかもしれませんよね。

海へ行くパッケット《こづつみくん》

Pacchetto va al mare

ジェロニモ警部によると、町で一番頭のいい泥棒モッティがあるときパッケットに会いに行き、こう言いました。「おまえ、一カ月ほど海で過ごしてくるといいんじゃないかな」

「とんでもない」いつも頭のめぐりが悪いパッケットは、そう返事をしました。「リウマチ持ちなのに……」

「おまえは、海に行くんだ。八月ひと月、X海岸のペンション・アッズッラ《あおいろ》をおまえのために予約しておいたから」

「モッティ、勘弁してくれよ！　泥浴治療に行かないとならないんだ」

モッティは、仲間に自分の計画を根気よく説明しました。パッケットとつき合うには、辛抱が必要なのです。パッケットの頭のめぐりはいつもゆっくりで、砂利《じゃり》を積んだ貨物列車が駅ごとに居眠りしてしまうような調子だからです。かねがねジェロニモ警部は、デ・ドミニチス捜査官に説明していました。「モッティは猫を扱うように、純粋な愛情でパッケットに接しているんだ。頭が悪いとわかってはいるけれど、それでも自分のそばにいて欲しいんだよ」

そういうわけで、パッケットは海へ発《た》ちました。ラジオを首に掛け、〈お金持ち〉と記された身分証明書を持ち、ま新しい旅行鞄を持って、ペンション・アッズッラに着きました。

「恐れ入りますが」ペンションの女主人は厳しい目で言いました。「〈お静かにキャンペーン〉中なのです。浜ではラジオは禁止で、宿でも十四時から十八時と二十二時以降は禁止です」

「このことですか？」パッケットはラジオに触りながら、にっこりしました。「聴くというよりファッションで持ち歩いているのです。そばにいてくれる友だち、と言いますか。ですから、つけたりしません。音楽はわずらわしいので」

「ご立派です」ペンション・アッズッラの女主人はうなずきました。

百キロメートルほど離れた自宅のソファでくつろいでいたモッティは、その「ご立派です」を聞いてにんまりした。毎週日曜日にサッカーの試合中継を聴くありふれた

「トランジスタラジオ」のような、〈無線機〉をパッケットに首から掛けさせることを思いついた「ご立派」な本人だったからでした。モッティのそばの小さなテーブルには、技術とエレガンスを結集して作った受信用ラジオが置いてありました。

最初の晩は、パッケットは親切で少し間が抜けた様子で、ペンション・アッズッラに宿泊している客たち全員と仲良くなりました。モッティは離れたところで彼らの会話を聞きながらメモを取り、名簿を作り上げました。

「ボレッロ夫人……。彼女は確か、陶器メーカー社長夫人だったな。ボルティーニ夫人。コルソ通りにある靴下専門店の店主だ。メロンチェッリ夫人は……。えっと、誰だったっけ？　思い出したぞ！　あの有名弁護士の妻だ……」

翌日、パッケットは首に無線機を掛けて浜へ行きました。はじめのうちは彼をにらみつける人もいましたが、すぐにみんな、彼は静かにする規則を破ったりはしないだろうと思い直しました。パッケットは、感じのよい、裕福な紳士としてスズメバチのようにこちらのビーチパラソルからあちらへと回り、子どもたちとふざけあったり、女性たちをほめたりして、大勢と親しくなりました。モッティは受信機《ラジオ》から聞こえてくるおしゃべりを聞き、メモを取りました。こうして二日間を過ごしました。三日目は土曜日で、モッティは町から離れず、部屋からも出ないで、その夜メロンチェッリ弁護士と宝石商タンジッロさん、それに毛皮専門店のコンフォルティさんが、家族に会いにバカンス先の海へ行くことになっているのを探り当てました。町で最も裕福な家や狙いがいのある店が、土曜日の夜から丸一日、無人で放ったらかしになるのです。

モッティは受信機の電源を切って、仕事に取りかかりました。

月曜日、町に戻ってきたこのお金持ちたちは、留守中〈何者か〉に家や店から貴重な財産を根こそぎ盗まれたことを知り、いまいましい思いをしました。モッティは細心の注意を払っていました。銀製燭台《しよくだい》のニセものなどには、手袋ごしにも触ったりはしませんでした。

それからの三週間は、とてもうまく事が運びました。パッケットは海でたいへんな人気者となり、誰もが彼のことを知っていて、みんなが役に立ちそうな情報をこぞって教えてくれるのでした。モッティは週六日間はラジオに張りつき、七日目に仕事にかかりました。

「デ・ドミニチス捜査官」ある月曜日の朝、ジェロニモ警部は叫びました。「ドロボウが狙うのはどれも、X海岸で家族が過ごしている家ばかりだ。おかしいと思わないかね？　この調査報告書をよく見たまえ……。メロンチェッリ弁護士は夫人に会いにペンション・アッズッラに行っている……。宝石商のタンジッロさんもそうだな……。チビレット社長も、同じだ……。ちょっと海へ散歩に行ってきてもらえないだろうか？」

すぐにデ・ドミニチス捜査官は指令に従いました。急いでX海岸へ向かうと、ペンション・ヴェルデラーメで奇跡的に部屋をとることができ、海岸でパッケットを見つけました。

〈パッケットがいるのか？〉捜査官は考えました。〈モッティが何か企《たくら》んでいるな。気づかれないようにしなければ。さもないとモッティが警戒するからな〉

用心深く調べて、パッケットがペンション・アッズッラに宿泊していることを知りました。そして市外への電話の記録を調べてみると、パッケットは海に着いてから一度も町に電話をかけていないことがわかり、驚きました。集めた情報をモッティに伝えるのに、郵便を使うなどありえるだろうか？

「いや、ありえないな」その夜、報告を聞いてジェロニモ警部は言いました。「パッケットは、ほとんど読み書きができないんだ」

「それでは、パッケットは関係ないですね。ということはモッティも関係ないということになりますね」

「見張りを続けるように。モッティについては私に任せてくれ」

　土曜日になりました。午後、ラジオでイタリアとポーランドのサッカーの試合が生中継される予定です。デ・ドミニチス捜査官はよく考えたうえで、調査は少し休み、海沿いのカフェでラジオ中継を聴くことに決めました。少し遅れて店に着くと、混んだカフェでみんな興奮していて、ラジオを前に応援をしていました。大勢の人たちの一番前で、ラジオのスピーカーに張りついていたのは誰だったと思いますか？　心配そうなファンの顔をしたパッケットでした。

〈おかしいな〉デ・ドミニチスは思いました。〈もし自分がパッケットのようなラジオを持っていたら、この中で汗をかきながら試合の中継は聴かないだろう。松林に行って、涼みながら……〉

　デ・ドミニチス捜査官にはピンとくるものがありました。試合が終わるのを待ってパッケットに近寄ると、笑顔であいさつをし、尋ねました。

「そのラジオは故障しているのですか？」

「そうなんです。故障してしまって」パッケットはため息を吐きました。「電池が切れてしまったようで」

「私に見せてもらえますか？　ラジオには詳しいもので」

われらがデ・ドミニチス捜査官は、本当にラジオには詳しいのでした。パッケットがどんな言い訳をしようと、それが無線機だとすぐに見抜きました……。捜査官は無線機を没収して、町へ持ち帰りました。

「証拠がなくて残念です」ジェロニモ警部に捕らえた二人を引き渡しながら、捜査官は言いました。「パッケットはこの無線機でモッティと連絡を取り続けていたはずなのです」

「証拠はあるよ」警部はにっこりして、机の上のテープレコーダーのスイッチを入れました。億万長者夫人のフォリアーニさんと楽しそうにしゃべっているパッケットの声が聞こえてきました。

「モッティが夕食の買い物に出かけるのを待って」警部は説明しました。「ソファの下に録音機を隠し置いた。モッティは用心深い。ラジオはポケットに入れておくようにと、パッケットによく言い聞かせていた。でも、パッケットは格好をつけたかった。パッケットがラジオを消したまま首に掛けて歩き回っている、と君から電話で聞いて、企みの仕組みを考えたのだよ。当たりだったね」

マルコとミルコとツイていないドロボウと

Marco e Mirko il ladro sfortunato

マルコとミルコは双子の兄弟です。マルコは一メートル二十、いっぽうミルコは百二十センチメートルです。ミルコの目は水色ですが、マルコも同じです。つまり、双子ですから全部が全部、同じです。体重、身長、鼻、髪型、ズボン、セーター、くつ、くつ下も。ミラノのポルタ・マジェンタ地区に住んでいますが、ポルタ・ヴィットリア地区やランブラーテ地区に住んでいたとしても、ふたりは同じです。

ふたりを見分けるには、ハンマーを注意して見なければなりません。マルコはいつも白い柄《え》のハンマーを持っていて、ミルコのは黒の柄です。

マルコとミルコの父親は、そのハンマーのことをよく思っていません。ですので、朝早く家を出て夜遅くに帰るようにしています。一日中、自分の電気店にいて、ハンマーが面倒なことを引き起こさないように願っています。

マルコとミルコの母親エメンダは、婦人用の帽子を売っています。子どもたちと話すためにときどき家に電話をかけます。電話で話すのは、たいてい子どもたちのハンマーのことですが。

「もしもし。いい子にしてる？」

「とっても、ママ」

「ハンマーを持っているの？」

「もちろん、ママ」

「ハンマーを使っていいのは正当防衛のときだけ、と約束したのを忘れないでね」

「防衛ね、ママ」

「本当に割れないのかどうかを確かめるために、ガラスのコップを使うのはやめてちょうだいね」

「絶対に使わないよ、ママ。割れないなんてインチキだとわかったから」

「マルゴーは帰ってきたの？」

「まだだよ、ママ。帰ってきても、怖がらせるために彼女の部屋にドラキュラがいる、なんて言わないから。約束するよ」

マルゴーはお手伝いさんです。マルゲリータという名前ですが、彼女のおばさんがフランスに住んでいるのでマルゴーと呼ばれたいのです。お手伝いさんと呼ばれるより、家政婦と呼ばれる方が好きなのです。今日は、彼女は午後はオフです。オズワルドさんと映画に行ったのでしょう。若い学生で、彼のおばさんもフランスに住んでいます。それでマルゴーと仲良くなりました。

家にいるのはマルコとミルコだけで、テレビを見ています。ときどき、――あるときはミルコが、そしてあるときはマルコが――、テレビ画面に向かってハンマーを投げます。ハンマーは見事に宙を飛び、さまざまな障害物を飛び越えて投げた人のもとへ戻ってきます。そうなんです。ただのハンマーではなくて、ブーメランハンマーなのです。訓練されたハンマーとも言えます。犬やネコ、ゾウやノミを調教する人がいるように、マルコとミルコは辛抱強く、上手にそれぞれのハンマーを訓練しているのです。

呼《よ》び鈴《りん》が鳴りました。マルコとミルコは、誰だろう、と玄関に駆けつけます。

「こんにちは。ガスの修理工です。家にいるのは君たちだけですか」

マルコは、いぶかしげに作業服を着たその若者を見ます。

「ぼくたちだけかどうかなんて、あなたには関係のないことでしょ。それにあなたはガスの修理工ではないですね」

ミルコが鼻で笑います。「家に押し入って盗むためガスの修理工を装った、よくいるコソ泥でしょ」

「なんてことを言うのです」若者は家に入り、後ろ手にドアをていねいに閉めながら言い返します。「台所を見せてもらいましょうか」

マルコとミルコは、しぶしぶ彼を台所へ連れて行きます。若者はコンロの周りで、管を外したりつけたり、元栓を開けたり閉めたりしながら作業をしています。そうこうしながら、家に大人がいないことを確かめるために、周囲を見回し耳をそばだてているのです。確かに誰もいないとわかると、リヴォルヴァーを出して笑いながら双子に言います。「さて、修理しましたよ。あの掃除道具入れに入って。君たちには何もしないから」

マルコとミルコは、目で合図を交わします。「掃除道具入れに入ってもらうのは、あなたですよ」マルコが若者に言います。

ミルコは行動に移ります。とてもすばやく（何度も訓練してきましたから）ハンマーを投げます。ハンマーが手に当たって、ドロボウは、リヴォルヴァーを落とし、痛さのために踊り跳ねます。

「なかなかおもしろい反応だな」マルコは観察しています。

「そうさ」ミルコは戻ってきたハンマーをポケットにしまいながら答えます。「指にハンマーが当たると踊りたくなる、ということだね」

若者は、双子の首ねっこを捕まえて頭と頭をぶつけ合わせてやろうと、手を伸ばします。でも、マルコのハンマーを計算に入れていませんでした。ハンマーは超音速で足に飛んできます。

「イテッ……」若者は叫びます。

「ほらね」マルコは弟に言います。「ハンマーが足に当たると、ことば使いが悪くなるんだよ」

「もうたくさんだ。まいった」ドロボウはため息をつきます。「警察に電話するがいい。警官はハンマーを使わないからな」

マルコとミルコは、ドロボウをあわれんだ目で見ます。

「考えをころころ変えすぎではありませんか？　はじめはガスの修理をすると言い、次に掃除道具入れにぼくたちを閉じ込めようとして、そのすぐあとには電話ときた」

「お兄さん、あまりブレないでください。ここには盗みにやってきたのでしょ？　ならば、盗めばいい」

ドロボウは、涙を浮かべてふたりを見ます。

「何も盗みたくありません。刑務所に行きたいです」

マルコは白い柄のハンマーを見せ、ミルコは黒い柄のハンマーを見せます。

「つべこべ言わずに、袋を持ってぼくたちについて来てください」

「袋って、なんのこと？」若者は言い返します。でもすぐに作業服のポケットから袋を取り出します。たぶんその時ミルコが素知らぬ顔でハンマーを投げ、部屋を一周させたのを見たからでしょう。

「行きます、行きます。私に何をしろというのです？」

ふたりは若者を居間へ連れて行きます。

「ほら、このすばらしい置物を見てください。素朴な羊飼いの女の子です。とっても趣味の悪い女性が、母へ贈ったものです。母は見るのもいやで、父もいやがってる。あなた、これを盗みなさいよ」

ドロボウは、ひどく趣味の悪い置物を盗む羽目になりました。

次にマルコとミルコは、サイドボードの上に掛かっている絵を指差します。

「このどうしようもない絵を見てください。『海の風景』というタイトルがついてるけど、イカの骨以下の価値しかありません。お客が父へ贈ったもので、そこに掛けておかないといけないんだ。だって、もしその人がうちへ夕食に来たときに、掛かってないとまずいでしょ。額から外して、袋に放り込んでください」

「まったくこんなひどい絵は見たことがない！」ドロボウは半ベソをかいています。

マルコは、ハンマーに絵の周りを一周させてみせます。ドロボウは、命じられたとおりに従います。

これはクロティルデおばさんからの贈り物で、あれはヴィンチェンツォ大叔父さんの思い出の品だし、そっちはブランビッラ閣下の結婚記念品だから、などという理由で、父親と母親は守衛へ譲ろうかとしょっちゅう言いながらも結局は手放せないでいるものがあるのですが、マルコとミルコはあっという間にそういう物をすべて処分してしまいます。

マルコとミルコが学校用のカバンの中身を空けてしまうと、ドロボウの袋はもういっぱいです。

「教科書など、どうしろと言うのです？」ドロボウはしゃくり上げます。「それに教科書を盗ませても、君たちには何の得にもなりませんよ。すぐにご両親が買いそろえるでしょうから」

「それでも、何日かはかかるでしょう」マルコが訂正します。

「いいことをしたごほうびで、プチ・バカンスに行けるかも」ミルコが言い足します。

ドロボウが協力的でない態度を取り続けるので、マルコとミルコは若者のボサボサの髪の周りにハンマーを飛ばします。

「わかりました、わかりました」ドロボウはやっと言います。「もう行ってもいいでしょうか？」

マルコとミルコは少し考えます。自分たちの言いなりになってくれるドロボウには、そうそう出会えるものではありません。利用しない手はないでしょう。

「まだ、あります」マルコが言います。「マルゴーの帽子です。全然似合わない。ママがプレゼントした帽子よりあの帽子のほうが好きなのは、なぜだろう」

ミルコはマルゴーの帽子を取りにいきます。ドロボウは帽子のあまりのひどさに気絶しそうになりながらも、袋に入れます。

「もう行ってもいいですか？　これは不用品で、ぼくがドロボウでないことを守衛に言っておいてもらえますか？」

双子は、玄関まで若者をていねいに見送ります。

「お目にかかれて何よりでした」マルコが言います。「また会いにいらしてくださいね」

「何年かしたら」ミルコが助言します。「家がガラクタでいっぱいになるのに、二年かかりますので」

ドアが勝手に開きました。たいへんにいぶかしげな顔で、紳士が入ってきます。

「チャオ、アウグスト」マルコとミルコが喜んで叫びます。

あらたまった場面では、双子はこのように父親にあいさつをします。

「こちらは、どなた？」アウグストさんが尋ねます。

「パパ、ぼくたちの友だちです」マルコが大ざっぱに説明します。

「なかなかおもしろい人で」ミルコが続けます。「ガスの修理工のふりをしていたのですが、ぼくたちはどういう人なのかを見破りました」

「その袋には何が入っているの？」

「何も、何も。ガラクタ、ガラクタです。全部、このふたりがくれたものです」ドロボウは叫びます。「私は関係ありません。私は、警察に通報してもらいたかったのです」

アウグストさんは、マルコとミルコのポケットで振動しているハンマーに目をやり、ツイていないドロボウもいるものだ、と思います。

「では、中を見せてもらいましょうか。ひとまずここへ袋を置いてください。おや、教科書じゃないか」

アウグストさんが袋からたいせつそうに教科書を取り出して双子に差し出すと、双子は行儀よく受け取ります。

「あの」マルコが小さな声で言います。「この若者が文法の練習問題を解きたいのではないか、と思ったので」

「教育こそが」ミルコが続けます。「更生のための特効薬ですから」

アウグストさんは何も言いません。袋の中をのぞいて、物をどけながら何が入っているのかがわかると、急いでまた袋に戻します。アウグストさんは頭のよい人です。息子たちがどういう基準でガラクタをまとめたのか、すぐにわかりました。

「ふうむ……」とつぶやき、「ふうむ……。少し待っていなさい」

「ごゆっくりどうぞ」ドロボウが言います。

すぐにアウグストさんは、ネクタイを二本両手に一本ずつ持って戻ってきます。二本は瓜二つで、どっちもどっちのひどさです。

「今年の誕生日にね」アウグストさんが打ち明けます。「一本は母が、もう一本はおばあさんが贈ってくれたんだ。どうして同じことを思いついたのか。こんなネクタイを締めるくらいなら、クルーネックセーターを着るか、長髪族になるか、パジャマで出かけるよ」

ドロボウは言い返します。「かんべんしてください！　友だちに馬鹿にされてしまう」

「あなたがこのネクタイをする必要はありませんよ」アウグストさんは説明します。

「奥さんからプレゼントされたネクタイをしていればいいのです」

「私は結婚していません！」

「なら、もっといい。このネクタイ二本を箱に入れて、電車でピアチェンツァに行く時に、橋にさしかかったらポー川に落とせばいい」

ドロボウは考えます。それも悪くない、と思い始めます。

「そうですね」叫びます。「ピアチェンツァに行ってきます。ボローニャまで行きましょう。哀れなドロボウとさげすまれてまで、この町には住めませんから」

「よろしい。気分を変えてくるといいでしょう」

「仕事を変えればいいのでは？」マルコが尋ねます。

「ほんと、そうですよ」ミルコが続けます。「ハンマーの投げ方を覚えたらどうでしょう？　サーカスでショーができますよ」

自分たちの名案をよくわかってもらおうと、マルコとミルコは玄関口のシャンデリア目がけて同時にハンマーを投げます。ドロボウは袋を持って、とぼとぼと階段を下りていきます。アウグストさんは、新聞を読みにトイレに行きます。家の中で一番落ち着く場所はトイレだと思っているからです。

クジオのさかな会計士

Il ragioniere-pesce del Cusio

昨夏、ペッテナスコ村名物の祭りに参加することになり、数時間ほど滞在した際、短い突堤《とってい》というか、桟橋《さんばし》まで足を延ばしてみた。ちょうどそのとき構想していたある物語の何ヵ所かに現実味を持たせられるような、インスピレーションや役に立つ情報がそこに行けば見つかるのではないかと思ったからだった。ちなみにその物語は、後に実際に書き上げて出版社に送ってある。サン・ジュリオ島を舞台としたものだった。いや、現在も舞台となっている、あるいは、それを読んだり聞いたりする人がある限り、この先も舞台であり続けるだろう。あの日は、島について、オルタ湖について、湖全体について、どこに視点を置いたらいいかを探っていた（文字どおり、現場での立ち位置を知るために）。私はその湖畔のことはすでに隅々まで知っていたし、友人に頼めば、効率よく車で何キロでも見て回れただろう。私には知人が大勢いた。

メズマ山の修道士たちとも繋がりがあった。でも、実は創作に使えそうな景色がないかと探しているところなのだ、と作家の身勝手な目的で訪問しているとは打ち明けなかった。創作の過程というのは、とても気ままなものだ。また、創作には忍耐も必要である。データや情報、資料を集めて想像力を働かせ、どう使うか急《せ》いてはならない。創造力が下りてくるままに任せるのだ。

さて私は、ペッテナスコの桟橋で、朝のまだ涼しい時間に新聞を読む観光客を装っている。読むふりをしていると、あるいはスパイと間違われるかもしれない。たしかに、私は何十年も前にペッテナスコに預けられていたことがあるが、そのことは身分証明書には記されてはいないし、当時の子守の名前も忘れてしまった。もし不意に憲兵から、その時その場所で何をしているのか、なぜミラノやローマ、シンガポールあるいは香港《ホンコン》にいないのか、と尋ねられたら、どう返事ができるだろう?

対岸の彼方《かなた》に見える山々がひと山ずつ青い霧の中から現れ、監督と脚本家が考えていた場所に収まる。山々の向こうに、糸を手繰り寄せて、モンテ・ローザを想像してみる。実際には、ここからは見えない。物語のなかでは、アメーノの森からモンテ・ローザを見ているることにしよう。そうだ、イギリス人のジャーナリストがそれを見ているることにしよう。なぜイギリス人か？　それは私がすでに、日本人ジャーナリストたちをモッタローネ山とクワッジォーネ高地へやってしまったし、メキシコ人ジャーナリストたちもブッチョーネの塔の上に送っていたからだ。話を横道に逸《そ》らしている場合ではない。静かな湖の中から、古い桟橋の床板の下に、右肩に空《から》のタバコの箱を載せ、身体じゅう海藻でびっしり覆《おお》われた男の人が現れたからだ。彼は空き箱を払いのけ（もともと〈返却無用〉ではあるが）、目から海藻をぬぐい取り、にっこり私にあいさつする。

「こんにちは」手を振りながら言う（もう一方の手で桟橋の杭《くい》につかまっている）。

「こん、にち、は」私は怪《あや》しむ気持ちを、三つの音節の言葉に込めて答える。〈何か用ですか？　私にはかまわないでください。あなたの相手をしている暇《ひま》はない、とても重要なことに関わっているところなのです。口の悪くない誰か他の人に相手になってもらってください〉という私の本心を、このあいさつから推し量ってくれるといいのだが。

そのスイマーは、かまってくれるな、と言われていることに気がつかないらしい。ひょいと橋によじ登り、欄干《らんかん》を乗り越え、揺れている床板に音を立てて滑《すべ》り落ちる様子を私は見ている。足にフィンをつけていることを、ネタとしてメモしておかなければ。

〈中途半端なスイマーか〉初めて見る印象から、そう考える。〈足にはフィンをつけているけれど、水中ゴーグルもボンベもない。腕を使って泳いで疲れたくはない、やる気のないスイマーの典型だ〉

「よろしいですか？」彼はひるまずに自己紹介をし直す。「オメーニャ村の会計士ポラローリです」

私はまったく気が進まなかったが、それはよかった、ととりあえず返事をする。それとは〈どれ〉なのか？　会計士は泳ぐのが好き、ということなのか？　彼がオメーニャの住人、ということなのか？

「息継ぎしに上に出たのです」彼は続ける。わき出る疑問で私がとまどっていることに、彼は気づいていない。彼にはその疑問を伝えていないのだから、当然だろう。

「そうでしょうね」私は何か言うために、そう口にする。あらためて彼をよく見ると、フィンには何か意味があるようだ……。あれは……。

「あのですね」私が観察を終える前に、スイマーは続ける。「私にはあまり自由がありません。家電メーカーに勤めていて、水に入れるのは日曜日だけで、他の日は朝早くか夜遅くにしか入れないのです」

「そうでしょうね」

「仕事をしている者にとって、規則正しくトレーニングするのはたやすいことではありません」

「そうでしょう、そうでしょう」

「それでも、ある程度の結果はすでに出しています。たいへんな苦労と引き換えにね。許可をもらえた貴重な日を使ったり、欠勤率の統計に貢献してしまいますが、恥ずかしいとは思わず、病気を理由に一、二週間の休みを取ったりもしました。これにいったい、いくら払ったと思いますか？」

〈これ〉とは、フィンのことだ。今、彼が私に誇らしげに見せているのは、疑いなくフィンである。少し前だと、彼が誇らしげにしている理由がわからなかっただろう。そのフィンのどこが特別なのだろうか？　そう、ついている、ついているのだ……。あの、えっと……。普通のゴム製のフィンではない。不思議なことだと思うだろうが、それは天然のフィン《ひれ》なのだった。肉体から直に生えてきて、外側に向かって伸びていき、構造的な変化を続けていく。耳と同じように、会計士の身体の一部となっているのである。

「すごいですね」私はもごもご言う。

「でしょう？　でも実際にはフィンではなくて……」

「違うのですか？　では何なのです？」

「そうですね、尻尾《しっぽ》を表していると言いましょうか。本当のひれは背中についているのですが、私の場合、ここに生えてくるはずです」

〈ここ〉と、肩胛骨《けんこうこつ》を示す。スイマーは、確かめてくれないかと私に頼み、「まだ何も見えませんか？」と、とても心配そうに尋ねる。

いや、何か見える。肩胛骨と他の骨を覆っている皮膚から、わずかだが、それが……生え出しているのが見える……。

「そう、そこにひれが生えてくるはずです。あと六ヵ月間ほど練習をすれば、立派なひれにすることができると思います」

「なるほど」私は好奇心を隠しきれずに言う。「あなたがトレーニングしているのは……」

「魚になるためです、はい」

オメーニャ村のポラローリ会計士は、疑いや皮肉を少しでも見逃すまいと、じっと私の目を見ている。私は中国にいたことがある。それで、顔の筋肉を内側からコントロールするという中国の技を習得した（完璧とは言わないが）。間を置くために、あるいは用心のため、または礼儀のために、秘めておいた方がいいことを顔に出さないためだ。今この瞬間、会計士に私の思っていることを表情から絶対に読まれないよう、こらえている。もし彼に超能力があったらばれてしまうかもしれないので、私の頭から〈マトモじゃない〉という言葉をすっかり消そうとしている。こういう事態は、誰にでも起こりうるだろう。

「どういう魚なのでしょうか?」私は淡々と尋ねる。

「どんな魚でもいいのです」彼は応える。「ウグイとかカワカマス、あるいはコイのなかまでも、種類は気にしません。とにかく魚になれればいいのです。つまり水の中の、できれば淡水の生き物です。それが私の生きる目的なのです。そのためには体力も、余暇も、貯金も、妻の持参金もすべて注ぐつもりです」

「結婚なさっているのですか?」

「いいえ。でも将来、するかもしれません。そうなるとは、私は思ってはいませんが。恋愛のことまで気が回りませんので」

「恋愛は、頭で考える問題だとお考えなのですか?」

「この話題には触れないでおきましょう、本日の予定ではありませんから。魚になるか、水中でも肺呼吸ができるように訓練するうちにへこたれてしまうかのどちらかなのです」

「なかなか」私は言う。「時代に必要とされる、科学的な観点からも立派な計画ですね。重要な学会や動物学の研究所、ボルカの魚類財団、バニェッラの養魚術学部などの資金援助先の候補にも見合うことでしょう」

「いいえ！　絶対にそんなことはありません！　すべて私が自分でします。そう誓ったのです」

「お父さんに誓ったのですか？　お父さんの臨終の時にでしょうか？」

「私の父は生きていて、元気です。残念ながら、父は魚にはちっとも関心がないのです。父が好きなのは、カタツムリだけです」

「先ほど言いましたように」私は続ける。「野心的な計画で、大いに尊敬と敬意に値します。私がわからないのは、その動機です。私が把握していない何かイデオロギー的な意味があるのか、私にはわからない政治的なことなのでしょうか。もしかして、宗教が関係していますか？　たとえば、あなたは仏教のどこかの宗派に所属しているとか？」

「なぜ仏教だと？」

「いけなくはないでしょう？」

「どうか、そのようには考えないでくださいませんか。私を突き動かしているのは、純粋な郷土愛なのです」

「そうでしょうか」少し考えてから、私は言う。「あなたが変身することが、私達の祖国の何の役に立つのでしょうか。現在の経済危機にとって、どのような救済になるのでしょうか」

「私が申し上げているのは」会計士は説明する。「大きな祖国ではなくて、私のこのクジオのことです。小さいけれど、私にとってはとても大切な郷里なのです」

「そういうことでしたら、私にとっても同じです」

「そうでしょう。環境汚染の影響で、魚が死んだり、さまざまな生物が絶滅したせいで、〈死んだ湖〉と呼ばれているのを耳にされたことはありませんか？　そんな風に呼ばれるのが許せないのです。私が魚になったら、イタリアでも国外でも、イタリア語でもブルゴーニュの言葉でも、〈クジオは死んだ湖だ〉とは、口が裂けても言わせません。ええ」彼はひと呼吸おいてから、力を込めて続ける。「私はクジオの湖を愛しています。生きていてもらいたいのです。だから、湖に合うように自分を変えて、一生を捧げたいのです」

会計士は延々と、郷土や生物、そして自然環境への思いの丈《たけ》を吐露《とろ》し続けた。私は、長話から逃れられないかと救いを求めて周りを見回したり、何かで気を紛らわせて彼の熱弁をなんとかやり過ごせないかと考えたりしていたが、そこへしばらく前にもう死んでしまったはずの魚が群になって、桟橋の下や周りを泳いでいるのが目に入った。

「会計士さん！」不意を突いて現れたものを指さして叫んだ。「あれを！」

彼は不安そうに、私が指さした方を見た。

「水の中です！　水の中を見てください！　魚がいますよ！」

「そんなこと、ありえませんよ！　あなたは幻覚を見ているのです」

「私の精神状態がどうなのかは、すぐにわかることです。ご自身でも見てください。ふたりで見る方がひとりより確かでしょう」

彼はじっと観た。見つけた。真っ青になった……。

「そんな……」彼は身を乗り出してのぞき込んだまま、言葉がうまく出てこない。

「魚でしょう、違いますか？」

「まさにそのようです」

「猫ではありませんよね」私は言った。「猫は水に入るのが好きではないですからね。魚です、あれは。おそらくウグイでしょう。私は、漁師でも自然科学の教授でもありませんけれど」

「これは……いったい……私の計画……私の生きる目的が……」

高まっていた気分が、一瞬のうちに絶望へと変わった。

「あなたは何ヵ月も前から水の中で過ごしてきたのに、なぜこれまで目に入らなかったのですか？」

「告白しますと、私はまだ目を開けて潜れないのです。来月にその練習をする予定でした……。こうなってしまってはもう、もう……」

私にあいさつをすることもなく、こちらを見ようともしないで、ポラローリ会計士はがっくりと肩を落として湖に入ると、どんどん沖合へと泳いでいき、揺れていたボートに這《は》い上がった。数回コンコンと音がしたあと、エンジンがかかった。ボートがバニエッラの方に向かって遠ざかっていくのを私は見ていた。数ヵ月後、友人に顚末《てんまつ》を尋ねたところ、ポラローリ氏はオメーニャを出てフィンランドへ移住したという。湖の多い国として知られている……。

アリーチェ・コロリーナ

Alice Cascherina

いつでもどこでも、コロリと落っこちてばかりいる、アリーチェのお話です。

先ほどからおじいさんは、いっしょに公園に行こうと、アリーチェを探していま す。

「アリーチェ！　どこにいるんだい？　アリーチェ」

「おじいちゃん、ここよ」

「ここって、どこだい？」

「目覚まし時計の中よ」

そうなんです。目覚まし時計の裏を開け、中がどうなっているのか見ようとして、アリーチェは歯車とぜんまいの間に落ちてしまったのでした。それで、チックタックと動き続ける部品の中に巻き込まれないよう、とびはね続けていたのです。

またあるとき、おやつをあげようとおじいさんがアリーチェを探していました。

「おーい、アリーチェ！　どこにいる？　アリーチェ」

「おじいちゃん、ここよ」

「ここって、どこだい？」

「ほら、ここ、びんの中よ。のどがかわいていて、中に落ちちゃったの」

そこにはほんとうにアリーチェがいて、一生懸命泳いでいます。去年の夏、スペルロンガで平泳ぎを覚えておいてほんとうによかった。

「待っていなさいよ、すくい上げてやるから」

そう言っておじいさんは、びんの中にひもを垂《た》らしました。アリーチェはひもにつかまって、上手にスルスルと上りました。運動神経がよかったのです。

またまた、アリーチェの姿が見えません。おじいさんは探しました。おばあさんも探しました。新聞代四十リラをけちって、いつもおじいさんの家へ新聞を読みにくる近所のおじさんも探しました。

「あの子の両親が、仕事から戻《もど》ってくる前に見つけないと大変だ」おじいさんは、おろおろしています。

「アリーチェ！　アリーチェ！　どこにいるんだい、アリーチェ」

返事がありません。それもそのはずです。台所にいたアリーチェは、テーブルクロスやナフキンが入っている引き出しをのぞき込んでいて落ちてしまい、テーブルクロスにくるまってぐっすり眠り込んでいたからです。眠っているアリーチェに気づかずに、誰かが引き出しを閉めてしまったのでした。アリーチェは、目を覚ましました。あたりは真っ暗でした。でも怖いとは思いませんでした。前に洗面所の穴の中に落ちたことがあり、そのときはもっと暗かったからです。

〈夕ご飯のしたくをしなくちゃならないはずだから、そのときにきっと誰かが引き出しを開けるでしょう〉アリーチェはそう考えました。

ところが、夕飯のしたくどころではありません。アリーチェが行方不明《ゆくえふめい》になったからです。アリーチェの両親が仕事から戻って、おじいさんとおばあさんをこっぴどくなじりました。「なんてことなの、あれほど気をつけてと言っておいたのに！」

「そんなこと言われたって、わしらの子どもたちは洗面所の穴に落ちるようなことはなかったからな」おじいさんとおばあさんは、言い返しました。「せいぜいベッドから落ちて、頭にたんこぶを作るくらいなもんだった」

アリーチェは、引き出しの中で待ちくたびれてしまいました。テーブルクロスの下のほうへともぐり込んでいき、やっと引き出しの底へたどり着くと、そこで足踏みを始めました。

トン、トン、トン。

「みんな、静かにして。何か叩《たた》く音がする」アリーチェのお父さんが言いました。

トン、トン、トン、トン。アリーチェが合図しているのでした。

抱きしめるやらキスするやら、アリーチェが見つかったときは、みんな大騒《おおさわ》ぎでした。アリーチェは騒ぎの最中に、またもやお父さんの上着のポケットの中へコロリ。ポケットにさしてあった万年筆で遊んでいたので、外につまみ出されたとき、アリーチェは顔じゅうインクだらけになっていました。

とても小さな家

Una casa tanto piccola

グスターヴォさんは、自分のために家を造《つく》り始めました。でもお金がないので、たくさんレンガを買えません。そのため家は小さくて小さくて、あまりに小さいので、家に入るためにグスターヴォさんは腹ばいにならなければなりません。いったん中に入っても、頭が天井にぶつかってしまうので立てません。座ったままでいなければなりません。

子どもたちは小さい家の屋根の上で飛び跳ね、グスターヴォさんがいないときは、ときどき家を草むらに隠したりします。グスターヴォさんは家を探して村じゅうを歩き回りますが、見つかりません。

とてもいい人なのに、気の毒です。窓台《まどだい》には、スズメにやるパンくずの代わりに、子どもたちのためにアメを置きます。通りかかる子どもたちは、ひとり一個、アメを持っていっていいことになっています。こうして、グスターヴォさんと子どもたちは仲良くなります。子どもたちがたずねます。

「この小さい家を建てるのに、レンガを何個使ったの？」

「一一八個だよ」

「モルタルは、どのくらい？」

「二百五十グラムだ」

グスターヴォさんが答えます。

子どもたちは笑います。彼も笑います。みんな幸せです。

〈でない〉が言葉の頭につく国

Il paese con l'esse davanti

ジョヴァンニーノ・ペルディジョルノは、偉大な旅人です。旅から旅を続けて〈でない〉が言葉の頭につく国へやってきました。

「ここはどういう国なのでしょうか？」木陰で涼んでいたひとりの住人に尋ねました。

その人は答える代わりに、ポケットからえんぴつ削りを出し、手に載せて見せました。

「これが見えますか？」

「えんぴつ削りです」

「まったく違います。これは〈でない・えんぴつ削り〉です。つまり、頭に〈でない〉がついたえんぴつ削りです。芯が減ると、えんぴつをまた伸ばすためのものなのです。学校でとても役に立ちますよ」

「すごい」ジョヴァンニーノは言いました。「それから？」

「他には、〈でない・ハンガー〉があります」

「ハンガーのことですよね」

「掛けるオーバーコートがなければ、ハンガーは何の役にも立ちません。この〈でない・ハンガー〉は、全く違います。これには何も掛けなくてもいいのです。もう全部、あらかじめ掛けてありますので。もしオーバーコートが必要なら、そこへ行って外《はず》してください。ジャケットが必要な人は、買いに行かなくてもいいのです。〈でない・ハンガー〉のところに行って、外し取ればそれでいい。夏用と冬用の〈でない・ハンガー〉があり、紳士用と婦人用もあります。とても倹約できます」

「実にすばらしい。それから？」

「ほかには、〈でない・カメラ〉があります。写真を撮る代わりに、風刺漫画が描かれるのです。笑えます。それから〈でない・大砲〉があります」

「おお、こわい」

「まったく別ものですよ。〈でない・大砲〉は大砲の逆でして、戦争を止めるためのものなのです」

「どのように使うのですか？」

「とても簡単です。子どもでも使えます。戦争のあるところで、〈でない・ラッパ〉を吹き鳴らして〈でない・大砲〉を撃てば、戦争はすぐにストップします」

〈でない〉が言葉の頭につく国は、なんてすばらしいのでしょう。

砂糖人間

Gli uomini di zucchero

ジョヴァンニーノ・ペルディジョルノは、
ヘリコプターで旅をして、
砂糖人間が住む国に着きました。

なんてスイートな国なのでしょう！
住んでいる人たちのステキなこと！
白くて、甘くて、
小さなスプーンですくいあげます。

みんな、ほんわかした気持ちになる名前です。

カクカクザット、ハートアマーイ、
そして王様の名前は、
アマミモットーネ家のブドウトゥットといいます。

そこでは地形まで
甘いのです。
聖アマーミ山、
ヴァニラアージ町。

ハチミツパンを食べ、
キャラメル味の水を飲み、
サラダにも
サッカリンをかけます。

ところで頭をシャキッとさせるための、塩はありますか？
ない、ですって？　じゃあ私は退散しましょうかね？

この国にいたら胸やけしてしまいます。

宇宙船

L'astronave

「おーい、宇宙船のみなさん、
どこへ行くのですか？　あなたはどんな人？」
「われわれは、数千年前から
星と彗星《すいせい》の間を旅しています」
船内には、
大勢の男性、女性、子どもが乗っています。
それに、亡くなった人たちも

いつも私たちのそばにいます。
長い旅路です。でも私たちは、
一丸となった乗組員です。

手を取り合えば、
きっとよい旅になるでしょう。

コモの大聖堂の上で

Sul Duomo di Como

コモに住むとても小さな男の人が、
あるとき大聖堂のてっぺんに上りました。
そして、てっぺんに着いても
コモに住む、そのたいへんに小さな男の人は
相変わらず小さなままでした。

マチェラータのある人

Un tale di Macerata

ある人と知り合いになったのですが、
そのマチェラータの某氏は、
ワニたちに
ジャムを食べるように教えています。

マルケ地方は、でも
穏やかなところです。
ジャムはたくさんあっても、
ワニはいません。

その人は
山や平地を歩き回って、
ジャムの食べ方を教えようと
ワニを探しました。

ミラノにも、コモにも、
ルッカやアックアペンデンテにも行きました。
どこもとても美しい場所ですが、
ワニはいませんでした。

まだ歩き回っています。
他に仕事は見つかっていません。
すばらしい職業なのに、
いつも失業中です。

北極のスミレ

Una viola al Polo Nord

ある朝、シロクマは北極で、いつもと違う匂いを嗅《か》ぎつけ、大きなメスグマに（小さいのは娘です）知らせました。「探検隊がやってきたのかな？」

スミレを見つけたのは、子グマたちでした。小さなスミレで寒さに震えていましたが、力強く香りを放っていました。それがスミレの役目だったからです。

「ママ、パパ」スミレを見つけて子グマたちは叫びました。

「いつもとちがう、と私がすぐに言っただろ？」シロクマは家族に言いました。「私が思うに、魚ではないな」

「絶対ちがうわね」大きい方のメスグマが言いました。「でも、鳥でもないわ」

「たしかにそのとおりだ」かなり考えてから、クマは言いました。

小さくて、いい香りのする、紫色の見知らぬものが氷河に現れて、一本の脚で立ち、身じろぎもしないでいるというニュースは、夜になる前に北極じゅうに伝わりました。スミレを見に、アザラシやセイウチが、シベリアからはトナカイが、アメリカからはジャコウウシが、そしてもっと遠くからは白ギツネやオオカミ、カササギがやってきました。みんなはその見知らぬ花や震える茎《くき》をほめ、みんなが香りを嗅ぎましたが、香りはあとからやってくる者たちにも十分に行きわたり、減ることがありませんでした。

「これほど香りを放つためには」アザラシが言いました。「氷の下に溜めてあるにちがいない」

「私はすぐにそう言いましたよね」シロクマは叫びました。「下に何かあるぞ、って」そのように言ったわけではありませんでしたが、誰も覚えていませんでした。

南方へ情報を集めに送られたカモメが戻ってきて、香りのするその小さなものは〈スミレ〉という名前で、南方には何百万も咲いているところがあるということでした。

「もっと目新しい情報はないのかね」アザラシが言いました。「なぜこのスミレがここへ着いたのでしょうか？　思っていることをはっきり言いますよ。かなりモヤモヤするな」

「どういう感じがするって言ったの？」シロクマは妻に尋ねました。

「モヤモヤする、と言ったのですよ。つまり、どう判断していいかわからない、ということでしょ」

「そう！」シロクマは叫びました。「まさに私もそのとおりのことを思っていたところだ」

その夜、北極じゅうにギシギシと恐ろしい音が鳴り響きました。氷はガラスのように震え、何ヵ所もひび割れしました。スミレはさらに濃い香りを放ちました。一気に広大な氷河を溶かして、青くて温かな海に、あるいは緑のビロードに覆われた野原に変えようとでもするように。そして燃え尽きてしまいました。夜が明けると、スミレは干からびて、茎は折れ、色は褪《あ》せて息絶えていました。スミレの最後の気持ちを私たち人間の言葉で、私たちの国語で表せば、おおよそこういうことでしょう。

〈さて、私は死にます……。でも誰かが始めなければなりませんでした……。いつの日か、ここにも何百万ものスミレがやってくるでしょう。氷が溶けて、ここには島ができ、家が建ち、子どもたちもいるようになるでしょう〉

私たち子ども

野菜スープ

La minestra

ママの代わりにアーン、
パパの代わりにアーン、
サンティアのおばあちゃんの代わりにアーン、
フランスに住んでいるおばさんの代わりにアーン……。

とうとう、
男の子はお腹が痛くなりました。

ジェラート

Il gelato

クリーム味、レモン味、バニラ味、
ジェラートって、なんてすばらしいのでしょう！

サクッとしたコーンに載っていて、
男の子には、虹色のアルプスの山々に見えます。
ホイップクリームはチェルヴィーノの雪で、
チョコレートの絶壁に挟まれたイチゴ味ジェラートは、
もちろんバラ色のモンテ・ローザです。

キラキラ光るてっぺんをひとかじりすると

おいしく溶けて口に滑り込み、
まるでなだらかな丘のよう、
砂丘の波模様のよう……。

ジェラートが砂漠に変わっても君は食べて、
その砂だって、すばらしいことに、
クリームとレモン、そしてバニラ味だと気づくのです。

チョコレートの道

La strada di cioccolato

バルレッタに住む三人兄弟が田舎の道を歩いていると、なめらかで茶色の道に行き当たりました。

「何だろう?」一番目の子が言いました。

「木じゃないね」二番目の子が言いました。

「炭《すみ》でもないな」三番目が言いました。

よく調べてみるために、三人は地べたにひざまずいてその道をなめてみました。

チョコレートでした。チョコレートでできた道だったのです。三人が、一かじり、もう一かじりと食べ続けているうちに夜になりました。それでもどんどん食べ続けました。これ以上もう一かけらも食べられないと思ったとき、ちょうどそこでチョコレートの道は途切れていました。

「ここは、どこだろう?」一番目の子が尋ねました。

「バーリじゃないね」二番目が言いました。

「モルフェッタでもないよ」三番目が言いました。

三人は、途方《とほう》に暮れてしまいました。運のよいことに、そこへ向こうの畑から荷車《にぐるま》に乗ったお百姓《ひゃくしょう》さんがやってきました。

「私が家へ連れて帰ってやろう」お百姓さんは言いました。そうして、三人をバルレッタの家の前まで連れてきてくれたのです。三人は荷車から降りようとして、その荷車がビスケットでできているのに気がつきました。一も二もなく、三人はむしゃむしゃと、車輪もかじ棒も残さず、荷車を食べ尽くしてしまいました。

バルレッタに、これほど運のよい兄弟たちは後にも先にもいませんでした。この先また、いつこれほどの幸運が訪れることでしょう。

学習キャンディ

La caramella istruttiva

ビー星には、本がありません。知識は、びん入りの飲み物として売られています。歴史は赤い飲み物で、まるでザクロシロップのようです。地理はペパーミントグリーンの色をした液体。文法の液体は無色ですが、ミネラルウォーターの味がします。学校はありません。家で勉強します。毎朝、子どもたちはその年齢に合わせて、歴史をコップ一杯分、算数を数さじというふうに、飲まなければなりません。

信じられないでしょうが、それでも子どもたちは、まともに勉強しようとしません。

「さあ、さっさと飲んでしまいなさい。動物学はおいしいわよ。とても甘いのだから。カロリーナに聞いてごらんなさい（カロリーナはお手伝いロボットの名前です）」と、母親はぐずる子どもをなだめすかしています。

カロリーナは、親切にびんに入っているものをまず味見してくれます。コップに少し注いで飲み、舌を鳴らします。

「マア、オイシイコト！」そう叫んでから、すぐに動物学について復唱し始めます。〈牛は、四本足の哺乳動物。反芻《はんすう》動物。草食でカカオ入り牛乳を出す〉

「ほーら、聞いたでしょう？」母親は得意げに言います。

男の子は、まだぐずぐずしています。動物学シロップではなくて、これはくさい肝《かん》油《ゆ》なのではないかと疑っています。そのうちあきらめて、目をつぶってその科目を一気に飲み干します。えらいえらい。

生徒のなかには、勤勉で勉強好きな子もいます。というより、食い意地が張っていると言ったほうがいいかもしれません。夜中に目を覚まして、ザクロシロップ味の歴史を最後の一滴まで残さず飲んでしまう子もいます。こういう子どもたちは、いずれたいへんな知識人になります。

幼稚園の子どもたちのためには、学習キャンディがあります。イチゴやパイナップル、サクランボ味などがあり、簡単な詩や曜日の名前、0から10までの数などがこのキャンディに入っています。

私の宇宙飛行士の友人が、このキャンディを一個、おみやげに持ってきてくれました。私の娘にこのキャンディを与えると、娘はとたんにビー星のことばでおかしな詩を暗唱し始めました。詩は、だいたいこのような内容でした。

アンタ　アンタ　ペーロ　ペーロ
ペンタ　ピンタ　ピム　ペロォ

もちろん私には何のことだか、さっぱりわかりませんでしたけれど。

えらいのは誰？

Chi comanda?

女の子に尋ねました。「あなたのおうちでえらそうにしているのは誰ですか？」

だまっています。そして私を見ます。

「ほら、あなたのおうちで指し図するのは誰ですか？　お父さん、それともお母さん？」

女の子は私を見ます。そして返事をしません。

「ねえ、教えてくれませんか？　誰がご主人様なのでしょう」

その子はまた私を見ます。戸惑っています。

「〈指し図する〉の意味を知らないの？」

もちろん、その子は知っています。

「〈ご主人様〉の意味を知らないのかな？」

もちろんその子は知っています。

「さて、どうでしょう？」

女の子は私を見て、だまっています。怒った方がいいのでしょうか？　それとも、口がきけないのかもしれません。かわいそうに。とうとう女の子は走って、野原の先まで逃げていきます。そしてこちらを振り返って、あかんべーをして笑いながら大声で言います。

「誰も指し図しないの。だってうちはみんな、なかよしだもの」

本の歌

Libri in filastrocca

私の持っている本は、あらゆるおはなしを覚えています。
インド人のおはなしや、
アメリカ・インディアンやアフリカ人、
海の盗賊に、海賊、
フタコブラクダやヒトコブラクダに乗って砂漠を行く
遊牧民の
おはなしです。

本は〈なぜ〉を全部知っています。
なぜ月は見えたり見えなかったりするのか、

なぜ太陽は海の向こうへ沈むのか、
なぜ雪が降るのか、
そしてすべての道はどこへ続いているのか。

私が持っている本には、
絵もあります。
パラパラとページをめくるだけで、
あらゆる人たちと知り合いになれます。

家にひとりぼっちでいても不満はありません。
本棚があれば
いつだって誰かといっしょだからです。

ラジオ

La radio

旅して、旅して……戸棚のそばの
小さなテーブルの上に、ラジオがあります。

そっと、つまみを回すと、
日本の声が話します。

日本語はちんぷんかんぷん、
サン・フランシスコまでひとっ走り
あるいはロンドンへ、モスクワへ、北京へ、居ながらにして行ける。

私の部屋に
喜望峰からの声が届き、

誰かがコスタリカでヴァイオリンを弾くと、
私はここに居ながら難なく聴ける。

つまみを回せば私は聴けるけれど
そのために、ラジオは嵐をかいくぐってきたのかもしれません。

ミダス王

Il re Mida

ミダス王は、大変な浪費家《ろうひか》でした。パーティーや舞踏会《ぶとうかい》を毎晩開いているうちに、とうとう一文無《いちもんな》しになってしまいました。それで、魔法使いアポッロを訪ねて、困っていることを話しました。アポッロは、王に魔法をかけました。「あなたがさわる物はすべて、黄金に変わる」

ミダス王は飛び上がって喜び、大急ぎで自動車へ戻りました。ところが自動車の扉に手を掛けたとたん、自動車は金に変わってしまいました。タイヤも金、窓ガラスも金、エンジンもすべて金になってしまったのです。ガソリンまで金になってしまいました。自動車が動かなくなったので、王様は牛に車を引かせなければなりませんでした。

城に戻るなり、王様は部屋を回りながら、机やタンス、椅子など、ありとあらゆる物をさわりました。どれもこれも金に変わりました。そのうち王様はのどがかわいたので、水を持ってこさせました。ところが、グラスも水も金に変わってしまいました。何か飲みたいときは、召使いにスプーンで飲ませてもらわなければなりませんでした。

食事の時間になりました。フォークをさわるとそれは金に変わり、食卓の客人たちは拍手しながら、

「陛下、どうか私の上着のボタンをさわってくださいませんか。この傘もさわってください」と口々にねだりました。

ミダス王は、みんなの頼みを聞いてやりました。ところがパンを食べようとすると、パンも金に変わってしまいました。空腹を満たすには、后《きさき》に食べさせてもらわなければなりませんでした。その様子を見て、客たちはテーブルの下に隠れて笑いました。ミダス王は怒って、笑っていた客のひとりをとらえ、その鼻をつかんで金にして、二度と鼻がかめないようにしました。

寝る時間になりました。ミダス王は何げなく、枕とシーツ、マットをさわってしまいました。金の塊《かたまり》になったベッドは、眠るには硬すぎました。しかたがないので、王様は何もさわらないように両腕を上げ、ソファーに座って夜を明かしました。夜が明けたとき、王様は疲れてフラフラでした。すぐに魔法使いアポッロのところへ行き、魔法を解いてくれるよう願いました。アポッロは、王様の望みどおりにして、「よろしいでしょう。ただし魔法が解けるまでに七時間七分ちょうどかかるので、注意なさい。その間に物をさわると、すべて牛フンになりますからね」

と警告しました。

ミダス王は、ほっとして城へ戻りました。七時間七分経《た》つまで何にもふれないように、時計とにらめっこして過ごしました。

ところが残念なことに、王様の時計は一時間に一分だけ、進んでいました。ミダス王は七時間七分経ったのを見計らって、車のドアを開けて乗り込みました。ところが、たちまち自分が巨大な牛フンのど真ん中に座っているのに気がつきました。魔法が解けるまで、まだあと七分残っていたのです。

テレビドラマ

Teledramma

みな皆さま、
聞いてらっしゃい見てらっしゃい。
びっくりするできごとですよ。
ご紹介しましょう。

ミラノで起きたことです。
ある医者が
テレビ画面の中に
落ちた話です。

外がどんな天気だろうと、
どんな番組でも
その医者はひとり掛けの椅子に座り
テレビを見ていました。

子どもたちや
老いた母親のことも気にかけずに
十六時から深夜零時まで
番組をひとつ残らず見ていました。

雑誌、テレビニュース、
歌あるいはダンス、
ドラマあるいは喜劇、
テレビ映画、コマーシャルも
すべてに見入って、
どれもに釘《くぎ》づけでした。

テレビ観賞用の椅子に
釘で打ちつけられたように座っています。

ところがある日、魔法のせいか、
あるいは病気のせいか
（どう思います？　テレビ病にかかっているのかもしれませんよね？）

番組と番組の合間に流れていた
パレルモの噴水の映像に向かって
椅子からダイビングして
画面の中に落ちてしまったのです。

今、噴水池の真ん中にいて、
おぼれかかっています。
親戚や友だちが涙ながらに
彼を助けようとします。

ネクタイをつかんで引っ張る人もいれば、
鼻をつまむ人もいますが、
この悲惨なテレビ事件の
解決にはいたりません。

ユーロビジョン（国際中継）で放映されてしまうのでしょうか？
延々と歩き続ける
羊の群れの
羊飼いのようになるのでしょうか？

あの箱《テレビ》の中で
病人を診るのでしょうか？
診察を終えたあと
どのように処方箋《しょほうせん》を書くのでしょうか？

でも、もう少ししたら残念ながら、
番組は終わってしまいます。
画面が消えたら、
この哀れな人はどうなるのでしょう？

運のいいことに彼の息子は
電磁波の研究者なので、
父親を救い出すために
よい方法を思いつきます。

もう一台テレビを買って、
父親の前に置くのです。
たちまち、医者の姿がそのまま
画面に映ります。

医者はテレビに見入ってしまい、

古いテレビから飛び出して
二台目のテレビの方に
飛び込もうとします。

ところがちょうどそのとき、
カモメよりも、
いや、惑星間を飛ぶ宇宙船よりも速く
宙を飛んでくるものがあります。

手際よく頭の回転も速い、
電子工学技師の息子が、
首尾よく、
同時に
二台のテレビを消します。

医者は床に落ち、

たんこぶを作ります。
自由を失うより
たんこぶ百個の方がましでしょう。

さかさま童話

Le favole a rovescio

むかし昔あるところに
かわいそうなオオカミの子どもがいました。
夕食の包みをおばあさんに届けるところでした。
森の奥へ入り、
鬱蒼としたところで
山賊ガスパローネのように
トロンボーンを武器のように携えた
恐ろしい赤ずきんに
出くわしてしまいました……。
その後に起きたことは、

ご想像におまかせします。
ときどき童話では
さかさまのことが起きることがあります。
そうなるとたいへんです。
白雪姫が森のこびとたちの頭を
棒で叩《たた》いたり、
眠れる森の美女が眠らなかったり、
王子が醜い異母姉と結婚して、
継母《ままはは》は大喜びし、
かわいそうなシンデレラは
独身のまま
鍋の見張り番になります。

アポストロフォ

L'apostrofo

あるアポストロフォは、
サラミソーセージのように
宙ぶらりんになっているのに
疲れてしまい、
静かに
ポトンと落ちました。
そこで彼に何が起こったのかというと……！
ただのコンマと思われて
かわいそうに、少しも敬意を払われませんでした。
「そこどいて！

言葉の流れのじゃまになるでしょ」
「これ、どういう意味なの？
ここにコンマは入らないでしょ。
警備員を呼んでください」
「お巡《まわ》りさん、じゃまなものがあるんです。
コンマがひとつ余分です」
アポストロフォは鼻を鳴らし、
脇へずれて、
無駄に身を隠そうと
努力しました。
幸い、思いやりのあるえんぴつが
信号と同じ高さにある、
元いた場所に彼を戻してくれました。
そうでなければ、今頃は
ただのまちがいとなってしまって、
先生から

赤か青で
バッテンをつけられていたでしょう。

てんてんファミリー

La famiglia Punto-e-virgola

むかし昔あるところに句点がいました。
読点《とうてん》もいました。
とても仲がよく、
結婚して幸せでした。
夜も昼も
いつも腕を組んで出かけました。
「理想のカップルね」と、人々は言いました。
「てんてんファミリーは実にすばらしい」
セミコロンふたりが散歩すると
敬意を表して

大文字も
小文字に変わるルールを守るのでした。
もしふたりに頭を下げる人がいても、
先生もすぐには
下げたその頭をえんぴつで
はねたりはしませんでした。

ガルダの針

L'ago di Garda

むかし昔「ガルダ湖《こ》」(Lago di Garda)がありました。

少しとんまで、でも少し魔法使いのような生徒が
アポストロフォでLを分け、
ガルダ湖をガルダ針《ばり》(ago＝針)にしてしまいました。

「まああれを見て、見て！」

人々は言いました。

「ガルダ針よ」

「大切な針ですよ。地図にも載っていますしね」

「魚がたくさんいるらしい。でも不思議だ。

魚はどこにいるのだろう？　針の穴の中か？」

「月はどこに映るのかしら?」

「針の先っぽは刺さるのかな。痛いのかな……」

「船で渡れると読んだけれど」

「指ぬきが必要なのかも」

目の前であれこれ批判されて、魔法が使えるうっかり者の生徒は、まちがって書いたアポストロフォを消そうとしました。

あまりに悪口を言われて、大急ぎで消そうとして、インクをこぼしてしまい、黒い湖（lago）ができました。

はてなマーク

Il punto interrogativo

むかし昔あるところに、
はてなマークがいました。
好奇心が強く
頭に大きな巻毛をクルリンとつけ、
みんなに質問をしては、
答えが正しくないと、
ムチを打つように
そのクルリンを振るのでした。
試験で
あまりに難しくて

誰にも解けない問題の末尾に、
はてなマークはつけられました。
かわいそうに、
心根は悪くないのです。
反省した彼は
びっくりマークに変わりました。

ゼロの勝利

Il trionfo dello Zero

むかし昔あるところに、かわいそうなゼロがいました。O《オー》のように丸くて、とてもいい子なのですが、存在価値が本当にゼロだったので、無駄なつき合いを避けようと、誰からも相手にされませんでした。

あるときゼロは、3まで数えることができず不機嫌でいた数字の1と、たまたま出会いました。

とても機嫌の悪い1を見たゼロは、勇気を出して自分の車で送って行くことにしました。そのような人物を乗せていることがとても誇らしくてならず、アクセルを踏みました。

そのとき、歩道で誰を見かけたと思いますか？

帽子を取り、マンホールに頭が触れるほど深々とお辞儀をする、数字のシニョーレ

3でした……。

それから、これは本当ですが、数字の7と8、9も同じようにお辞儀をしたのです。

いったい何が起きたのでしょう?

数字の1と0は近くに座っています。

ひとりがこちらで、もうひとりはあちらに。

ふたりが並ぶと、一緒に偉大なる10となっていたのです。

なんと立派なことでしょう!

その日を境にゼロは、とても尊敬されるようになりました。

数字みんなからもてはやされて、ちやほやされました。

向かって右側をゼロに譲ろうと気を配り(ゼロが左側に来るのをみんなは恐れていましたので)、夕食に呼んだり映画に招待したりしたので、小さなゼロは幸せでした。

9を下ろして

Abbasso il nove

子どもが割り算をしていました。

「13の中に3は4回あって、1余る。4と書く。3かける4は12で、13にはあと1足りない。となりの9を下ろしてきて……」

「おい、ちょっとそういう物言いはないだろう」そこで突然、9が声を荒《あら》らげました。

「え、なに？」子どもが尋ねました。

「いちゃもんつけたいのか？　だって、さっき〈9を下ろしてやる〉って、大声で言ってたじゃないか？　何か僕が悪いことでもしたか？　僕は、人民の敵なのか？」

「ううん、そんなこと……」

「いーや、わかってるんだ。どうせ言い訳の用意もできてるんだろ。でも、僕は納得いかないぞ。〈コンソメスープの箱を棚から下ろして〉とか〈保安官を引きずり下ろせ〉、それから〈空気の唐揚げのような浮いた話は取り下げろ〉と言うならまだしも、どうしてまた〈9を下ろして〉なんて言われなきゃならない？」

「ごめんなさい、でもあの、その……」

「口答えするんじゃない、失礼だぞ。そりゃあ僕は、単純なひとけたの数字だよ。ふたけた数字の前には、ひとたまりもない。でもそんな僕にも、自尊心はある。敬意をきちんと払ってもらいたいね。特に、まだ鼻水を垂らしているようなチビたちにはね。とにかく、僕に向かって〈下りろ〉と言う前に、まずはお前の頭を〈下げろ〉、シャッターを〈下ろせ〉じゃないのか」

すっかりおじけづいてしまったその子は、9を下ろせなかったので割り算を間違え、落第点を取ってしまいました。あのね、あまり気が弱いのも、時と場合によっては考えものですよ。

かさ

L'ombrello

雨降りの歌。
家にいる人は、どこにも行かない。
家にいるぼくはゆううつ。
外に出るぞ。屋根を連れて行こう……。

黒い布でできた小さな屋根。
何本もの細い棒が放射状に配置されている。
とてもいい感じ、
持ち手のついた屋根なんて！
これでぼくは出かけられる、いいぞ、いいぞ。

かさをさして口笛を吹きながら。

切手の発明

―― Invenzione dei francobolli

どうしてなのか、わからない
切手の糊《のり》は味気ない、
カブの味だ。
さあ、誰か
スグリや
ミント味の切手を作ってくれませんか？
ああ、レモン味の切手なんていいでしょうね……。
ラタフィア酒味の切手も
とてもおいしくて、すごく珍しいでしょう。

路面電車は退屈

Che barba essere un tramvai

みなさんは考えたこともないでしょう。
そんなこと、誰も考えやしません。
路面電車でいるのが、どれほど退屈なことか……。
始発点から
終点まで、
いつも同じ路線を走る……。
あなたは21番として生まれましたか？
だとしたら、もし百年生きたとしても、
22番にはなれないのです。
循環路線として生まれましたか？

だとしたら、君はずっと堂々巡り。
ムスタファ広場から
自由広場《リベルタ》まで
ぐるぐる回り続けるのです。
どんな自由があるというのです？
いつも同じ道を走って、
終わりがない。
尽きてしまうのは、ぼく自身。
悲しくて
ばかばかしくて
ベルを鳴らしながら、
いつも同じ顔ぶれを
同じ場所へと運ぶ……。
そしてぼくが
やがてうんざりして、
南方の海へ……南の方の海という海へ……

逃げてしまうかもしれないのを
みんな知ってる……。
そんなわけで、ぼくのために線路が敷かれることになったのです。
この提案が国から承認されるのを待っているあいだ時間がかかりますから
これまでどおり、勉強をしたほうがいいですよ。

おしゃべりな家

Le case parlanti

耳を傾ける時間とその気があれば、
家々とおしゃべりができるのです。
もちろん
上手に質問をしなくてはなりません。
すると夕ガがはずれたようにしゃべり始めます。
家は文句を言ってきます。
いつも窮屈《きゅうくつ》な思いをしているから。
「もっと空気を、空気を。息苦しい」
ある家は高すぎて
目が回っています。

「私を低いところに下ろしてください。
地下に頭を埋めたいです」
広場の角で
取り乱している家がいます。
ある猫のことが大好きだったのに、
目の前で車にひかれてしまった。
その夜、家は窓を閉めきって悲しみました。
新しくて、元気で、
陽気な家々は、
旅に出ることを決めました。
でもかわいそうに。
実は日曜日に郊外にさえ行けない、
と知ったらどうするでしょう……。
人々は、自分の家を
もう連れ歩きません。
昔は連れ歩いていたのでしょうか？

さあね！
家は咬《か》みつきませんから、
気分転換に湖に連れていくにも、
口輪やリードの必要はありませんけれど。

咳《せ》き込《こ》むヴェスヴィオ火山

Il Vesuvio con la tosse

ナポリに、ヴェスヴィオ火山がありまして。

昔は煙を噴《ふ》いていました。

火山は咳き込んでいました。

お医者さんが火山に言いました。

「タバコをやめますか？」

「はい、はい、先生。やめますよ」

川からくれぐれもよろしく

Tanti saluti dai fiumi

すべての川は海へと流れます。

すれちがうとき、何を言うのでしょうか?

「ロンドンから来ました。テームズ川といいます」

「はじめまして。パリのセーヌ川です」

「どこですか、テヴェレ川さんは?」「ここにいます!」

「パラナ川さんが来るから気をつけて……」

ライン川やナイル川、インダス川にヨルダン川は
お辞儀をして、手にキスします。

黄河《こうが》と長江《ちょうこう》は
そっと低い声でガンジス川にあいさつします。

海に流れて今、
波とコロラド川とヴォルガ川とが混じり合い、
川の名前は消え、ひとつ海となり……。
イルカが遊びにやってきます。

大きくなったら何になりたい？

I mestieri dei grandi

仕事の色

I colori dei mestieri

わたしは仕事の色を知っています。
パン職人は白で、
鳥より早く起きて
髪の毛まで小麦粉まみれです。
清掃人は黒、
ペンキ屋は七色です。
工場の工員は、
青い色の作業服を着て、
手には油がついています。
仕事をさぼっている人は、

指が汚れることもありません。
だからといって、きれいな仕事とは限りません。

消防士

Il pompiere

ご存じない方に説明しますと、
消防士は優れた調教師です。
炎はトラのようにどう猛です。
消防士の私は、あっという間に手なずけてみせます。
ポンプを使って
燃やそうとする勢いを消し止めます。
ロウソクやマッチの炎のように、
私が消してみせます。

でも私が心配するのは、

危ないたき火です。
これには消防士も
歯が立ちません。
戦争で世界が燃えてしまう
こちらからあちらまで一瞬で火に包まれます。
どうすればいいのでしょう?
みんなで力を合わせて消しましょう。
みんながまとまって消防士になるだなんて、
きっとすばらしい眺《なが》めでしょう!

鉄道員の歌

Filastrocca del ferroviere

鉄道員は歌います。
なんとすばらしい仕事でしょう。
一日じゅう電車に乗って、
イタリアを走れるなんて。

本当にすばらしい仕事です。そうですとも。
いつもどこかへ出かけています。
夜あなたがベッドで休んでいるときも
私は切符を切りに回っています。

鉄道員は、すてきな仕事です。
金の線が二本入った帽子をかぶって、
町や駅の名前を知らせます
親友の名を呼ぶように。

でも、息子が「パパ」と呼ぶ声を、
私はよその町にいて聞けません。

交通警官

Il vigile urbano

交通警官より強い人なんて、いるのでしょうか？
手だけで路面電車を停めるんですよ。
静かに落ち着いて、指だけで、
トレーラー・トラックを停めて待たせるのです。
暴れ馬みたいにジタバタするたくさんのオートバイを
手袋をはめた手を上げるだけで、おとなしくさせる。
いつも交差点で騒音の真ん中に立っている。

交通警官よりがまん強い人なんて、他にいるでしょうか？

特派員

Il giornalista

特派員とは、
どんなニュースを新聞に書くのでしょう？

私はアメリカにいて、中国にも、
スコットランド、スウェーデンそしてアルゼンチンにも行きました。
ソ連人やポーランド人、
フランス人、ドイツ人、スロヴェニア人、スロヴァキア人に囲まれて、
イヌイットの人と
コイ族の人、タイ人と話し、
チリから、インドとコンゴから、

ボンゴ・ボンゴの集落にもいたことがあります……。
そこから何を持ってくるのか？　たったひとつのニュースです！
なまけていると思われクビになるかもしれません。
でも、それはみんなが心をつかまれるようなニュースなんです。
特大の見出しをつけましょう。
だって、地球上のすべての人々が
戦争に立ち向かうことを宣言したのですから。

街の清掃人

Lo spazzino

私は、ほうきやブラシ、庭ぼうきで
掃除をする者です。
紙くず、古い缶、
干からびた果物の皮、古新聞、スリッパ、
タバコの吸いがら、
全部チリトリに掃き入れます。

一年じゅう、掃いて、掃きます。
年を取ったとき、私がどうなるかご存じですか？
ほうきを持たない私は、

問答無用で、
掃き捨てられてしまうのです。

仕事の匂い

Gli odori dei mestieri

仕事の匂いがわかります。
ナツメグは食料雑貨店の匂い、
工場で働く人の作業服は油の匂い、
小麦粉はパン屋の匂い、
農家の人は土の匂い、
塗装屋はペンキの匂い、
医者の白衣からは、
薬のよい匂いがします。
おかしなことに、なまけてぶらぶらしている者には、
特別な匂いはありません。

訳者あとがき

内田洋子

二〇二〇年一月末、イタリアで新型コロナウイルスの最初の感染事例が見つかるや、数日のうちにヨーロッパじゅうに感染は広がった。さまざまな対策を講じるものの疫病の猛進に歯止めはかからず、次々と医療崩壊が起きた。五里霧中《ごりむちゅう》に地獄絵を見るような事態に瀕して、政治家も専門家もすくみ上った。対策を講じるために緊急招集された欧州議会は、三月二十三日に閉会する際、ジャンニ・ロダーリの詩を朗読した。『希望』というタイトルの、十二行からなる一篇である。

その頃イタリア北部の町ベルガモでは、連日千人を超える人が亡くなり続けていた。イタリアには、人口千人以下の小さな町が二千以上ある。そういう町が毎日ひとつずつ消えていくという現実を前に、人々の心は凍りついていた。誰にも看取られることなく逝《い》ってしまった人たちを乗せて、軍隊の装甲車が黒々と、深夜に長い列をなして音もなく町を出ていく光景を忘れない。

その後三ヵ月にわたって、イタリア全土に厳しい行動規制が敷かれた。食料と医療品を買いに行くほかは、外出禁止。犬の散歩すら、玄関から二百メートル以内しか許されなかった。職場や学校、店舗、劇場、映画館、飲食店、美術館や図書館、スポーツクラブ、ついには公園までもが閉鎖された。通りや広場からは人影が消えた。夜明けとともに化学防護服を着た専門清掃人たちが大挙して現れ、建物の出入り口はもちろん、路地裏から橋の欄干《らんかん》に至るまで隈《くま》なく消毒して回った。焼きたてのパンやエスプレッソコーヒーの香り、香ばしいスパイスや泥付きの野菜、生乾きのペンキの匂い、排ガス、ぬかるみや残飯の生臭さが、忽然《こつぜん》と消えた。生きている証《あか》しの一切合切をも、疫病は奪い去った。町が死んだ。

いつ明けるとも知れない闇のなか、
〈もし私がただひと間の
　小さな店を持てるなら、
　そこで何を売ると思いますか？
　希望です。〉（『希望』一部抜粋）

ロダーリの詩を読むことは、小さいけれどけっして消えない灯りを握りしめて前を向こう、という言葉を届けることなのだと思った。

すべてが閉鎖されたが、「書店は今まで通り営業を続けて欲しい」と、イタリア政府は通達した。本は人を救う。書店を守ることは疫病禍の重要な統治策、としたからである。薬局や食料品店と並んで書店が開いている様子に、一国を統治するという責任と信念を見る思いだった。

イタリア各地の書店に様子を尋ねると、

「児童書がよく読まれています」

と、異口同音に返す。各店から送られてくる人気書籍のリストには、必ずロダーリの著作がある。そしてこの春、新刊一覧に彼の『希望』という書名を見つけて、胸が熱くなった。

〈たくさんの人に届けてあげて〉

ロダーリの声を耳にするような気がした。刊行日を見ると、二〇二一年三月二十三日となっている。欧州議会でこの詩が朗読されて、ちょうど一年だ。

小さな灯《あか》りを絶やしてはならない。

ロダーリの思いを本に編んで書店に託そうとする、イタリアの出版人の心意気に打たれた。

「ロダーリさんの三作目を刊行することに決まりました！」
『希望』を読み返してじんとしているところに、講談社の編集者から連絡があった。
“Favole al telefono”の新訳『パパの電話を待ちながら』が講談社から復刻出版されてから、十二年になる（初めての邦訳出版は、一九六七年に鹿島研究所出版会。戦後、小学校の国語教師だった村山俊太郎《むらやまとしたろう》氏なども関わる刊行の背景は、『緑の髪のパオリーノ』あとがき　ロダーリと父に関する記憶　飯田陽子《いいだようこ》〈担当編集〉に詳しい）。

出張先から父親が幼い娘に電話で聞かせたおはなしを集めた一冊が静かに日本にも広まり、とうとう二〇二〇年に、頭にカシの木を生やした『緑の髪のパオリーノ』という作品を連れてきた。ちょうどロダーリ生誕百年にあたり、この二作目の刊行は日本からのお祝いでもあった。

〈パオリーノの木〉のまわりでは、老いた人が憩《いこ》い、家を持たない人はひと休みし、ロマンチックな猫や歌好きの小鳥が集《つど》い、子どもたちは走り回り、女の人たちは手仕事をしながらおしゃべりを弾ませる。木陰の小さなおしゃべりは、大きな世界への章立てだ。

会いたいのに、思うように会えない。行きたいのに、閉じこもって堪《こら》えている。いまだに続く辛抱と不安の毎日を、再びロダーリのことばで照らしてもらいたい。邦訳する作品を選ぶために、何冊もの冒険談や不思議な物語に目を通した。こんな時勢でなければ、ポケットに入るくらい小さな女の子の〈アリーチェ・コロリーナ〉の泳いだ海を探しに、すぐにでもイタリアまで行っただろうに。旅の達人〈ジョヴァンニーノ・ペルディジョルノ〉と連れ立って、イタリア各地のびっくり仰天を探しに行けたらどれほど楽しいことか。金持ちになりたいネコ氏がいるという。現地に飛んで、ネコ社会のビジネスの心得とやらを取材したい。クリスマスツリーが林立する星があるなんて、知らなかった。毎日がクリスマスらしい。そこからクリスマスツリーの枝を持ち帰ってきたマルコに会いたい。

森や山、海や空、湖や川の広がる長編を読みながら、せめて夢の中で旅をしたい。ところが、長引く自粛生活のせいなのか、空想ですら遠出するのに二の足を踏む。困難に立ち向かっていく長い冒険譚《たん》だと、途中で息が上がってしまうかもしれない。元気が戻るのを待ちながら、今は小さなおはなしをそっと味わいたい。

既刊二作の表紙装画を手がけた荒井《あらい》良二《りようじ》さんが、

「ロダーリの書く短い物語は、僕のだいじなあめ玉のようなもの」（『緑の髪のパオ

リーノ』　あとがき　ぼくのロダーリ）

と、書いている。その通りだと思った。缶を開けると、色とりどりのドロップが詰まっている。そのような本を届けることができたら、と作品を探した。

こうして三作目となった『クジオのさかな会計士』（本書）という書名は、原著“Fra i banchi”（机と机のあいだで）の一篇のタイトルを取って付けられたものである。小学校の教室の机と机のあいだで、隣やうしろ、前の席の子どもたちが顔を寄せ合い、あのね、それからね、とおしゃべりしたり笑ったりする様子が原題から目に浮かぶ。

学校や家族、生き物、友情、四季折々の行事というテーマのもとに、四行詩や韻を踏む散文詩、一ページ分のショートストーリー、起伏に富む展開の掌編《しょうへん》という多様な文学の様式を取った六十篇が収められている（原著は六十九篇所収）。この本は言葉のホップ・ステップ・ジャンプだ。「学校は子どもが自由を満喫する大切な場所であり、そこでは規則と楽しむことに境界線があってはならない」と、ロダーリが繰り返し説いたことを思い出す。

六歳の語彙《ごい》は簡素で限られているけれど、だからこそ端的に物事の真髄を言い当てる。幼いからわからないだろう、とロダーリは子どもを見くびらない。どうぞ、と半歩先から手を差し出す。おはなしで植物や生物が学名のまま出てきたり、昔の人物名や異国の地名があったりすると、子どもは〈?〉となるだろう。それが、前へ進むチャンスだ。

七十年前にロダーリがおはなしを書いた頃も現在と同じように、人種の多様性や身体的な特徴、経済や社会、政治や思想の相違についてどう向き合うかという論議はあった。ロダーリは、世の中の差別意識や固定した倫理観に警告を発するだけではなく、違いに対しての擁護や気遣いが過敏にならないよう熟考しながら、表現したのではないだろうか。差別用語として修正されるような言葉やテーマをあえて選び、作品にしている。読んでいる途中でそうした表現に遭《あ》うと閊《つか》え、避けたり修正したりするのは、だいたいが大人だろう。

〈「そうすることが良識や分別」と片付けてしまわずに、多様性を尊び異種への偏見を失くすことこそ重要でしょう?〉

ロダーリは、そう注意を喚起し続けたのではないか。

あちこちに種が蒔《ま》かれているようだ、と思いながら、日本の現状に即した訳語を探した。それは、ロダーリを翻訳しながら日本が抱える問題に改めて向き合う作業でもあった。

さて、書名となった『クジオのさかな会計士』は異色の作品だ。ロダーリの故郷オメーニャからもほど近い、オルタ湖を舞台とする。アルプス山脈の裾《すそ》に数多くの湖があり、オルタ湖もそのひとつだ。ミラノから車で一時間ほどのところにある。ひと粒の涙がこぼれ落ちてできたような、しずくの形の島が浮かんでいる。サン・ジュリオ島。三十分もあれば一周できる。こんもりと繁る木々と中世からの聖堂と修道院が、深い青色の湖面に映る。

その湖へ、作家である〈私〉は執筆のために取材に来ている。ストーリーの流れを考え、シーンを決め、登場人物を配していく。生まれ故郷なので、景色も人も土地柄もよく知っている。〈作家〉が順々にまとめていく取材メモは観察文であり、そのままロダーリの身上の紹介にもなっている。文調も構築も、〈おはなし〉のものとはまったく異なる。鋭い視線で人の心の内を切り取り、あるいは重ね置き、透かしたり離したりして観る。発想や創作の秘技が明かされる。ファンタジーの世界へようこそ、とページの向こうからロダーリの声が聞こえるようだ。

そこへ、〈会計士〉が現れる。湖から陸へ上がってくるなり、なぜ湖で泳いでいるのか、どれほどオルタ湖を大切に思っているか、など滔々《とうとう》と話し始める。それで突然、ファンタジーの技法の説明からおはなしの世界へと読者は連れていかれる。気がつくと、〈会計士〉の肩胛骨を視《み》る羽目になっている。崇高な目標を掲げて、彼は湖を泳いでいる。「いつか私は魚になりたいのです」

詩やショートストーリーの賑《にぎ》やかな言葉の海のなかに、粛然《しゅくぜん》と現れる『クジオのさかな会計士』は、ロダーリの創作の足がかりとなる島に見える。

ホロリとこぼれた涙のような、美しい島。

魚になりたかったのは、ロダーリ自身だったのかもしれない。

二〇二一年　秋

邦訳には、原作に収録されている六十九の作品のうち九作品が、翻訳により原義が損なわれるなどの理由から掲載されていない。

なお、既刊『パパの電話を待ちながら』と『緑の髪のパオリーノ』にも所収されている数篇が本書にも登場するが、これは著者の編集意図を尊重したものである。

本書はイタリアで2013年にEdizioni EL社から刊行された『Fra i banchi』を日本で初めて翻訳・出版した作品です。

また、イタリア外務・国際協力省から2021年度の翻訳出版助成金対象作品に認定されました。
Questo libro è stato tradotto grazie ad un contributo del Ministero degli Affari Esteri e della Cooperazione Internazionale italiano.

|著者| ジャンニ・ロダーリ　1920年生まれ、1980年没。イタリアの作家、詩人、教育者。1970年、国際アンデルセン賞を受賞。20世紀イタリアで最も重要な児童文学者、国民的作家とされている。『チポリーノの冒険』『青矢号《あおやごう》　おもちゃの夜行列車』『うそつき国のジェルソミーノ』『羊飼いの指輪　ファンタジーの練習帳』『猫とともに去りぬ』。『パパの電話を待ちながら』と『緑の髪のパオリーノ』(ともに講談社)などがある。
|訳者| 内田洋子　1959年神戸市生まれ。東京外国語大学イタリア語学科卒業。通信社、ウーノアソシエイツ代表。ジャーナリスト。2011年、『ジーノの家　イタリア10景』(文藝春秋)で日本エッセイスト・クラブ賞と講談社エッセイ賞を同時受賞。2019年〈ウンベルト・アニェッリ記念　ジャーナリスト賞〉受賞、2020年〈金の籠賞〉受賞。最新刊に『海をゆくイタリア』(小学館)がある。

クジオのさかな会計士《かいけいし》
ジャンニ・ロダーリ | 内田洋子《うちだようこ》 訳

講談社文庫
定価はカバーに
表示してあります

2021年11月16日第1刷発行

KODANSHA

発行者——鈴木章一
発行所——株式会社　講談社
東京都文京区音羽2-12-21　〒112-8001
電話　出版 (03) 5395-3510
　　　販売 (03) 5395-5817
　　　業務 (03) 5395-3615
Printed in Japan

デザイン—菊地信義
本文データ制作—講談社デジタル製作
印刷———豊国印刷株式会社
製本———株式会社国宝社

ISBN978-4-06-524310-7

講談社文庫刊行の辞

二十一世紀の到来を目睫に望みながら、われわれはいま、人類史上かつて例を見ない巨大な転換期をむかえようとしている。

世界も、日本も、激動の予兆に対する期待とおののきを内に蔵して、未知の時代に歩み入ろうとしている。このときにあたり、創業の人野間清治の「ナショナル・エデュケイター」への志を現代に甦らせようと意図して、われわれはここに古今の文芸作品はいうまでもなく、ひろく人文・社会・自然の諸科学から東西の名著を網羅する、新しい綜合文庫の発刊を決意した。

激動の転換期はまた断絶の時代である。われわれは戦後二十五年間の出版文化のありかたへの深い反省をこめて、この断絶の時代にあえて人間的な持続を求めようとする。いたずらに浮薄な商業主義のあだ花を追い求めることなく、長期にわたって良書に生命をあたえようとつとめるところにしか、今後の出版文化の真の繁栄はあり得ないと信じるからである。

同時にわれわれはこの綜合文庫の刊行を通じて、人文・社会・自然の諸科学が、結局人間の学にほかならないことを立証しようと願っている。かつて知識とは、「汝自身を知る」ことにつきていた。現代社会の瑣末な情報の氾濫のなかから、力強い知識の源泉を掘り起し、技術文明のただなかに、生きた人間の姿を復活させること。それこそわれわれの切なる希求である。

われわれは権威に盲従せず、俗流に媚びることなく、渾然一体となって日本の「草の根」をかたちづくる若く新しい世代の人々に、心をこめてこの新しい綜合文庫をおくり届けたい。それは知識の泉であるとともに感受性のふるさとであり、もっとも有機的に組織され、社会に開かれた万人のための大学をめざしている。大方の支援と協力を衷心より切望してやまない。

一九七一年七月

野間省一